A princesa que enganou a morte

DeLeitura

Roteiros DeLeitura

Para escolas e educadores, a editora oferece um roteiro de atividades especialmente criado para cada obra – que pode ser obtido em versão completa, no site www.aquariana.com.br, ou solicitado em versão impressa resumida, para

Editora Aquariana, Ltda.
Rua Lacedemônia, 87
04634-020 São Paulo / SP
Tel.: (11)5031.1500 / Fax: (11)5031.3462

Coleção CONTOS MÁGICOS

A princesa que enganou a morte

e outros contos indianos

Texto e adaptação
SONIA SALERNO FORJAZ

1ª edição
São Paulo/2009

EDITORA AQUARIANA

Copyright © 2009 Editora Aquariana Ltda.
Título original: A história de Savitri

Pesquisa, seleção e tradução: Silvia Branco Sarzana
Coordenação editorial: Sonia Salerno Forjaz
Projeto gráfico, diagramação e revisão: Antonieta Canelas
Editoração eletrônica: Ediart
Capa | *Ilustração:* Hugo Araújo
Arte-final: Niky Venâncio

DeLeitura é um selo da Editora Aquariana Ltda.

Série: Coleção CONTOS MÁGICOS

**CIP – Brasil – Catalogação na Fonte
Sindicato Nacional dos Editores de Livros, RJ**

F813p

Forjaz, Sonia Salerno
   A princesa que enganou a morte e outros contos indianos / [pesquisa, seleção e tradução Silvia Branco Sarzana ; texto e adaptação Sonia Salerno Forjaz]. - São Paulo : Aquariana, 2009.
   128p. : il. -(Contos mágicos)

   ISBN: 978-85-7217-119-9

   1. Conto infanto-juvenil brasileiro. I. Sarzana, Silvia Branco. II. Título. III. Série.

09-0488.	CDD: 028.5
	CDU: 087.5
04.02.09	09.02.09 010881

IMPRESSÃO E ACABAMENTO
Bartira Gráfica e Editora S/A

Direitos reservados:
EDITORA AQUARIANA LTDA.
Rua Lacedemônia, 87 – Vila Alexandria
04634-020 São Paulo - SP
Tel.: (0xx11) 5031.1500 / Fax: 5031.3462
editora@aquariana.com.br
www.aquariana.com.br

Sumário

Prefácio, 9

A princesa que enganou a morte, 13
(*A história de Savitri*)

O nascimento de Bharata, 27

O estimado, 35
(*Nala e Damayabti*)

Manu e o dilúvio indiano, 45

Karna, o Moisés indiano, 49

Pandavas e Kauravas, 53

Um santo verdadeiro, 57

A cama, a bolsa e a tigela, 61

A Cidade de Marfim, 77

As idades do universo, 91

O brâmane e sua noiva, 97

Garuda e a ambrosia, 101

Rama e Sita, 105

Glossário, 121

Prefácio

Em geral, quando nós, ocidentais, ouvimos falar de contos de fadas, imediatamente, pensamos em cenários da Idade Média, onde sempre havia um reino, um palácio, príncipes e princesas, uma bruxa e a eterna luta entre o bem e o mal. Na maioria das vezes, acreditamos que eles servem para alimentar o imaginário infantil e transmitir valores ligados à bondade, ao amor ao próximo e à coragem. A psicologia moderna, inclusive, vê nos contos de fadas uma maneira segura de fazer com que a criança lide com seus medos.

Sabemos que contar histórias não é algo que tenha surgido na Idade Moderna ou na Contemporânea. Não surgiu com Andersen ou com os irmãos Grimm. Contar histórias sempre foi uma maneira de se manter tradições desde os tempos em que a escrita ainda não existia e que, não tendo uma televisão para encenar histórias, as pessoas se reuniam ao redor do fogo para ouvir algum ancião falar de outros tempos, de dificuldades encontradas ou guerras travadas entre seu povo e algum outro.

A cultura oriental é mais antiga que a ocidental em milhares de anos. Naturalmente, o mesmo se dá com sua tradição oral. Dela, o máximo que nossa cultura nos permite lembrar é dos contos das *Mil e Uma Noites* e, ainda assim, mais por ouvir dizer do que por realmente termos lido algum dos contos maravilhosos que Scherazade contava ao sultão, seu marido, para afastar o dia em que ele mandaria matá-la.

A Índia é uma das referências da riqueza cultural do Oriente. Estudiosos afirmam que muitos dos contos ocidentais, inclusive as fábulas de Esopo, tiveram a influência das histórias indianas que chegaram ao Ocidente através das Cruzadas – movimento militar e religioso dos séculos XI a XIII.

Uma das mais longas histórias de que se tem notícia, por ter sido escrita, é *Mahabharatha,* considerada a *Ilíada* indiana e escrita sob a forma de poesia. São 220 mil versos, divididos em 18 livros que, segundo se acredita, foram escritos por Vyâsa, cerca de 5 mil anos antes de nossa era. *Mahabha-*

rata significa literalmente "Grande Bharatha" mas trata-se da "Grande Guerra de Bharatha", acontecida entre dois ramos descendentes do rei Bharatha: os Kauravas e os Pandavas. Desta história, extraímos verdadeiros contos de fada para serem recontados neste livro. Do *Ramayana*, outro épico da Índia (este considerado sua *Odisseia*) e também escrito em forma de poema pelo poeta Valmiki, selecionamos a história de *Rama e Sita*.

Além do seu caráter alegórico, é importante observar nestas histórias a transmissão de tradições e conhecimentos, como acontece em *Manu e o dilúvio indiano* e *Karna, o Moisés indiano*. Selecionamos também contos do folclore indiano, nos quais o leitor notará semelhanças com muitas das histórias que conhecemos.

Não se pretende aqui transmitir ensinamentos da filosofia hindu, mas fornecer um panorama de mitos e lendas desse país que, apesar da globalização, continua tão misterioso aos nossos olhos ocidentais.

Que a leitura deste livro seja tão leve e agradável quanto a água cristalina que corre pelos seixos de um riacho.

Silvia Branco Sarzana

A princesa que enganou a morte

Título original: *A história de Savitri*

– *Mahabharata* –

Esta é a história de Savitri, princesa de Madra, abençoada por Yama e por seu pai, Aswapati, o rei de Madra.

A beleza de Savitri era celestial. Seus olhos límpidos brilhavam como as folhas do lótus e ela era tão doce quanto gentil.

Um dia, Savitri conheceu o jovem Satyavan, o Verdadeiro, e se apaixonou por ele. Embora ele morasse modestamente, tinha origem real. Seu pai, o rei Dyumatsena, era cego e tinha perdido o reino para um velho inimigo. Conta-se que o velho monarca, ao ser destronado, refugiou-se na floresta, acompanhado pela esposa e por Satyavan, seu único filho.

Savitri não desconhecia a origem do jovem e, sentada ao lado do pai, confessou o seu amor.

Narada, o grande sábio, ouviu a confissão e disse à princesa:

– Você fez uma má escolha ao desejar como marido o jovem Satyavan. Ele é atraente, corajoso, verdadeiro, generoso e compassivo. É modesto e sem malícia. A honra está gravada em sua testa e ele possui todas as virtudes. Mas ele tem um defeito. Apenas um. A sua vida será curta. Foi decretado que, dentro de um ano, Yama virá buscá-lo.

O rei, preocupado, disse à filha:

– Você deve escutar as palavras de Narada. Procure outro marido.

– A sorte está lançada, meu pai – disse a jovem. – Ela pode falhar apenas uma vez. Também apenas uma vez uma filha pode ser concedida por seu pai. Apenas uma vez a mulher pode dizer: "Sou sua". Eu escolhi o meu senhor e não posso fazer uma segunda escolha. Preciso me casar com Satyavan, seja longa ou curta a sua vida.

Então, Narada falou:

– Oh! Meu Rei! O coração de sua filha não hesitará. Ela não irá se desviar do caminho escolhido. Portanto, aprovo a escolha de Savitri.

– Nós dois já a avisamos – disse o rei. – Você é o meu mestre. Não posso e não irei desobedecê-lo.

– Que a paz esteja com você, Savitri! – disse Narada e se despediu: – Preciso partir. Que minhas bênçãos caiam sobre vocês.

Depois disso, Aswapati, foi à floresta visitar Dyumatsena, o pai cego de Satyavan. A filha o acompanhou. Dyumatsena ficou surpreso com a visita, mas logo ouviu de Aswapati:

– Esta é minha linda filha Savitri. Aceite-a como sua nora.

– Perdi meu reino e, com minha mulher e meu filho, vim morar na floresta. Vivemos como ascetas e realizamos grandes penitências. A sua filha suportaria o peso de uma vida assim?

– Minha filha sabe bem que a alegria e a tristeza vêm e vão. Também sabe que não há benção assegurada. Aceite-a!

Dyumatsena, então, consentiu que o filho se casasse com Savitri.

Satyavan não escondeu sua alegria. A princesa retirou as suas vestes e ornamentos reais e vestiu as roupas simples usadas pela família do marido.

Honrando os pais de Satyavan, a princesa passou a viver a vida rigorosa dos ascetas. Para o marido, tinha apenas palavras doces. Mas não esqueceu da profecia do sábio Narada, cujas palavras ficaram gravadas em seu coração.

Savitri contava os dias, temendo a passagem do tempo. Mas o tempo passou e, quatro dias antes de se esgotar o prazo dado a Satyavan, a princesa prometeu viver os dias que faltavam sem dormir e sem comer.

Dyumatsena, o rei destronado, disse a ela:

– Meu coração chora por você, minha filha. A sua promessa é muito difícil de ser cumprida.

– Não fique triste, meu pai. Não vou falhar – disse a jovem – e, nesse instante, começou a jejuar.

Três dias se passaram. Savitri, fraca e abatida pela rígida penitência, acreditando que o marido morreria naquela madrugada, passou a noite angustiada.

O sol surgiu na manhã fatídica e ela disse para si mesma: "Hoje é o dia!"

Pálida, mas demonstrando coragem, Savitri colheu o silêncio da manhã, rezou fervorosamente e fez oferendas ao fogo matinal. Depois, colocou-se diante de seus sogros em silêncio, reverente e com as mãos postas. Os sogros a abençoaram dizendo:

– Que você nunca fique viúva!

E, no segredo do seu coração, ela pensou: "Que assim seja!".

Satyavan, então, a aconselhou:

– O seu voto já terminou. Você deve se alimentar.

– Comerei apenas após o pôr do sol.

Satyavan sorriu ao ouvir a mulher e, colocando o machado sobre o ombro, disse que ia para a floresta. Queria trazer para Savitri suas frutas e ervas prediletas. Mas a princesa, docemente, falou:

– Você não deve ir sozinho. Desejo ir com você. Assim pede o meu coração. Não vamos passar separados o dia de hoje.

– Mas Savitri – explicou ele – o caminho é longo e difícil, a floresta é muito escura e você se debilitou cumprindo a penitência.

– O jejum não me enfraqueceu. Na verdade, estou mais forte do que antes. Não me sentirei cansada ao seu lado. Por favor, tudo o que quero é estar com o meu marido.

– Também desejo ficar ao seu lado, mas você deve pedir permissão aos meus pais. Talvez eles se zanguem se eu levá-la assim para a floresta.

Savitri foi ao encontro dos sogros e disse, brandamente:

– Satyavan está indo para as profundezas da floresta à procura de frutas, ervas e lenha para a fogueira. Desejo ir com ele. Hoje, eu não quero me separar do meu marido.

– Desde que você veio viver conosco, nunca nos pediu nada. Siga o desejo do seu coração – disse-lhe o sogro.

Assim, permissão concedida, Savitri acompanhou Satyavan, carregando no coração os tormentos da sua dor secreta.

Juntos, caminharam por terras verdejantes. Savitri, embora encantada com a beleza que a rodeava, tinha o coração dividido: havia um lado que a fazia conversar com o marido, olhar para o seu rosto e avaliar o seu humor. Porém, havia um outro lado: a triste profecia de Yama.

Silenciosa e atenta ao marido, Savitri não perdia uma só das suas palavras. Satyavan colheu frutas, cortou galhos e transpirou sob o sol forte. Enxugou o suor e, repentinamente, sentiu-se enfraquecer. Olhando para a mulher, disse:

– Minha cabeça está doendo. Estou zonzo e meu coração dispara. Também sinto as pernas fracas. Acho que fiquei doente, Savitri. Tenho a impressão que o meu corpo está sendo espetado por uma centena de flechas. Vou deitar, talvez eu melhore dormindo um pouco.

Aterrorizada, Savitri abraçou o marido. Sentada no chão, apoiou a cabeça dele no seu colo e, lembrando as palavras de Narada, ficou certa de que a hora fatal tinha chegado. A morte estava próxima. Então, segurou a cabeça do marido e beijou seus lábios. Com o coração acelerado, viu a escuridão descer sobre a floresta trazendo com ela a solidão.

De repente, uma forma horrenda, alta e escura surgiu das sombras. Os seus trajes eram vermelhos e ela trazia um diadema na cabeça e um laço nas mãos. Seus olhos, também vermelhos, eram apavorantes. Era Yama, o deus da Morte. Ele se aproximou, olhou para Satyavan e, silencioso, permaneceu ali.

Savitri, ao desviar por um instante os olhos

do marido, descobriu que um ser celestial estava ali e o seu coração tremeu de dor e medo. Mesmo assim, firme, colocou suavemente a cabeça do marido sobre a grama, levantou-se e perguntou:

– Quem é você, Ser Divino? Qual é a sua missão?

Yama respondeu:

– *Você ama o seu marido e também possui méritos graças à sua vida de asceta. Portanto, posso conversar com você. Saiba que sou o monarca da morte. Os dias deste homem acabaram. Estou aqui para atá-lo e levá-lo embora.*

– Os sábios me disseram que são os seus mensageiros que levam os mortos embora. Por que, então, você, um ser tão poderoso, veio aqui?

– *Este príncipe possui um coração sem mácula. As suas virtudes são inumeráveis. Ele, de fato, é um oceano de realizações. Eu não enviaria um mensageiro para buscá-lo. Eu vim.*

Savitri empalideceu. Yama pegou o seu laço e o enrolou apertado na alma do príncipe e Satyavan perdeu a vida. O seu corpo ficou disforme, perdeu o brilho e a capacidade de se mover. Depois de verificar se a alma de Satyavan estava bem apertada, Yama começou a se afastar em direção ao sul.

Savitri, coração carregado de tristeza, seguiu Yama, mas o deus da Morte, ordenou:

– *Volte, Savitri! Não me siga. Realize o funeral*

do seu marido. Sua ligação com Satyavan terminou. Você está livre de todos os seus deveres de esposa. Não ouse continuar por este caminho.

— Vou seguir o meu marido, quer ele seja carregado, quer ele vá por vontade própria. Cumpri uma grande penitência. Observei meu voto, e não posso voltar atrás. Já caminhei sete passos e os sábios dizem que todo aquele que caminha sete passos com alguém se torna seu companheiro. Então, agora somos amigos. Podemos conversar. Ouça-me! Alcancei a vida perfeita na terra cumprindo votos. Também a alcancei pela minha devoção ao meu marido. Sendo assim, não nos separe. Não me impeça de receber bênçãos, não interrompa a nossa aliança e não diga que uma nova vida está à minha espera.

— *Volte agora! As suas palavras são sábias e agradáveis. Você merece que eu satisfaça um dos seus desejos. Apenas não me peça a alma do seu marido.*

— O meu sogro, cego, perdeu o seu reino. Restabeleça a sua visão — pediu Savitri.

— *Assim será feito. Mas, agora, encerre a sua jornada. Volte e livre-se da fraqueza.*

— Como posso estar fraca se estou com o meu marido? O seu destino será o meu também. Eu o seguirei, não importa para onde o leve. Ouça-me, poderoso senhor, é abençoado todo aquele que se torna amigo de um ser celestial e eu me sinto mais abençoada ainda pela graça de poder lhe falar. Ah! Como é proveitosa a amizade com um deus!

– *A sua sabedoria delicia o meu coração* – disse Yama. – *Exceto pela vida de seu marido, faça outro pedido e eu o realizarei.*

– Que o meu sogro recupere o reino que perdeu. Que ele volte a ser o protetor do seu povo.

– *Assim farei. O rei retornará ao seu povo e será um sábio protetor. Reafirmo: o seu pedido será realizado. Agora, volte, princesa.*

– Ah! Senhor. O senhor tira a vida de acordo com as ordens divinas e não segundo a sua vontade. Graças a isso, seu nome é Yama, aquele que age por decreto. Sei que o dever dos seres celestiais é amar a todas as criaturas e premiá-las pelos seus méritos. O malvado não tem santidade ou devoção, mas os santos protegem todas as criaturas e são misericordiosos mesmo com os seus inimigos.

– *As suas palavras, princesa, são como água cristalina para a alma sedenta. Exceto pela vida do seu marido, faça-me um terceiro pedido.*

– Meu pai, o rei Aswapati não tem um filho. Dê-lhe, Nobre Senhor, uma centena de filhos.

– *Assim farei, eu lhe garanto. Mas, princesa, volte agora. Você não pode prosseguir. Você já foi longe demais.*

– Sigo o meu marido, portanto, o caminho não me parece longo. Ouça-me, Yama! O senhor é grande, sábio e poderoso. Trata com igualdade todos os seres humanos. É o senhor da justiça. Não se pode confiar em ninguém como se pode confiar em um ser celestial. Todo aquele que procura a amizade de um ser celestial deve responder ao que ele diz.

– *Nenhum mortal jamais falou comigo com tanta sabedoria. Suas palavras são agradáveis, princesa. Exceto pela vida do seu marido, vou lhe conceder um quarto desejo. Depois, você voltará.*

– Desejo, Senhor da Justiça, ter muitos filhos com o meu marido. Desejo que a nossa raça perdure. Oh! Poderoso Senhor, conceda-me esse desejo.

Yama respondeu:

– *Vou lhe conceder uma centena de filhos, princesa. Eles serão sábios, poderosos e a sua raça perdurará. Que o seu cansaço desapareça e você possa voltar. Você já foi longe demais.*

– Ah! Yama, o piedoso sustenta o universo e jamais é fraco. Ele faz o bem e não espera recompensas. Uma boa ação nunca é ato perdido. É digna, ainda mais quando não há qualquer interesse. Fazer o bem é a principal tarefa dos piedosos!

– *Quanto mais você fala, princesa, mais eu a respeito. A devoção que você dedica ao seu marido a autoriza a me fazer um novo pedido. Que seja incomparável!*

– Ouça-me, Nobre Senhor. Concedeu-me desejos irrealizáveis. Como posso ter uma centena de filhos sem o meu marido? Yama, devolva-me

Satyavan! Sem ele, é como se eu também estivesse morta. Sem ele, sou infeliz. Sem ele, não anseio o céu, não desejo viver. Prometeu-me filhos, mas tira o meu marido dos meus braços. Ouça-me, Yama! Para que se cumpra o seu decreto é necessário que Satyavan retorne à vida.

— *Assim farei. É com alegria no coração que liberto o seu marido. Ele está livre. A doença não o afetará outra vez. Vocês prosperarão e juntos viverão quatrocentos anos. Terão uma centena de filhos. Serão reis, assim como os filhos dos seus filhos.*

Então, Yama, o Senhor da Morte, libertou a alma de Satyavan e partiu para o seu reino. Savitri, retornando à floresta, encontrou o corpo do marido ainda no chão, pálido e frio. Savitri colocou sua cabeça sobre o colo e ele retornou à vida. Olhou para a esposa como se estivesse retornando de uma longa jornada por terras estranhas.

— Creio que dormi demais — disse Satyavan. Por que não me acordou? Onde está aquela figura escura e enorme que me levou embora?

— Yama veio e já se foi. Você, é verdade, dormiu muito, mas o sono o curou. Caso você possa levantar, vamos embora. A noite está muito escura.

Satyavan ergueu-se. Sentiu-se bem e forte. Olhou ao redor e percebeu que ainda estava na floresta. Então, comentou:

— Senti uma dor intensa, fiquei zonzo e você me amparou. Então, sonhei que estava envolto pela escuridão e um vulto imenso me carregava. Foi um sonho ou tudo isso aconteceu?

– Amanhã eu lhe conto tudo. Agora está muito escuro, devemos voltar para casa. As feras noturnas estão à solta. Ouço o uivo do chacal e ele me enche de medo.

– Mas a escuridão cobriu a floresta. É impossível encontrar o caminho de volta. Melhor recolher um pouco de lenha, fazer uma fogueira e esperar que o dia amanheça, embora eu esteja preocupado com os meus pais.

– Fiz uma penitência, obtive graças e fique certo que tanto você quanto seus pais estão protegidos.

Repentinamente, a lua surgiu, iluminando o caminho.

– Olhe, minha amada! Podemos voltar para casa – disse Satyavan, abraçando a mulher.

Eles voltaram. Chegaram em casa no meio da noite e todos se alegraram. O pai de Satyavan já havia recuperado a visão e Savitri, então, contou o que havia acontecido.

– Oh! Ilustre e virtuosa senhora! Você retirou a raça de Dyumatsena da escuridão e da calamidade – disseram-lhe os sábios.

Na manhã seguinte, chegaram alguns mensageiros e contaram a Dyumatsena que o rei que lhe usurpara o trono fora assassinado pelo seu ministro e o povo clamava pelo seu legítimo rei.

– Há muitos carros esperando para levá-lo de volta, Dyumatsena. Retorne ao seu reino – disse um dos mensageiros.

O rei retornou e o povo se maravilhou ao vê-lo com a visão recuperada.

Cumpriam-se assim, todos os pedidos que Savitri fizera a Yama. Ela, no devido tempo, teve inúmeros filhos. O mesmo aconteceu com seu pai, o rei Aswapati.

Então, para o povo, a princesa se tornou doadora de alegria e prosperidade. Dizem até que todo aquele que ouvir a história de Savitri nunca mais sofrerá com a miséria.

O nascimento de Bharata

– *Mahabharata* –

Há muito, muito tempo atrás, o rajá Dushyanta, homem de grande valentia, saiu para uma caçada levando consigo um hóspede nobre, muitos cavalos e elefantes. Ambos, sem temer as profundezas da floresta, ali mataram um grande número de animais selvagens. Com sua longa espada, o rajá atingiu todo animal que ousou se aproximar. Tigres e leões foram flechados. Elefantes, aterrorizados, bateram os pés com estrondo. Veados velozes tentaram escapar e pássaros, gritando, elevaram-se no ar.

Houve grande tumulto entre caçadores e animais, e vendo a tentativa de fuga de um veado, Dushyanta foi ao seu encalço. A perseguição se estendeu pela planície deserta e avançou floresta adentro. O lugar era tão bonito, que o rajá ficou encantado. Deliciou-se com a brisa, ouviu os pássaros que se agrupavam nas árvores e observou as flores espalhadas em seus ramos.

Dushyanta, abandonando a caçada, passeou pela floresta. Embora estivesse bem escondido, chegou a um pequeno templo e ali viu o fogo sagrado mantido aceso pelo austero brâmane(2) conhecido como Kanva. Então, parou, admirando o cenário de paz e beleza.

Próximo dali, um regato prateado corria entre bancos de areia. Era o sagrado rio Malini, tão cheio de peixes quanto de pequenas ilhas verdes, pouso das aves aquáticas.

O rajá desejou visitar Kanva e, despindo-se das suas vestes reais, foi até a gruta sagrada e ouviu o canto, cheio de harmonia, entoado pelos brâmanes, homens santos. Entrando na morada de Kanva, verificou que ela estava vazia e gritou:

– Há alguém aqui?

A floresta ecoou o seu chamado, e uma linda jovem, vestida com uma túnica clara, veio ao seu encontro. Fazendo uma reverência, ela perguntou:

– O que procura, Senhor? Sou sua serva.

– Estou aqui para honrar o sábio e abençoado Kanva. Diga-me onde ele está.

– Meu amo ilustre está colhendo ervas, mas, caso queira esperar, logo ele estará de volta.

Dushyanta, encantado com a beleza e o sorriso da jovem, sentiu o amor tomando conta do seu coração.

– Quem é você? De onde veio e por que está sozinha nesta floresta? Você cativou o meu coração.

– Sou filha do santo Kanva, o grande sábio.

– Mas Kanva é puro e austero e foi sempre um celibatário. Ele não poderia ter quebrado este voto tão rígido. Então, como pôde ter uma filha?

Shakuntala, que tinha este nome por ter sido alimentada pelos pássaros shakunta, sorriu e revelou ao rei o segredo do seu nascimento.

O seu verdadeiro pai era Vishiwamitra, sábio que se tornara brâmane, alarmando Indra (3), o rei dos deuses, com o seu poder crescente. Indra temia que o guerreiro, fortalecido pelas penitências que praticava, pudesse derrubá-lo do seu trono celestial. Então, ordenou que Menaka, a linda Apsara(4), perturbasse as meditações do sábio, já tão poderoso que havia criado um segundo mundo e muitas estrelas. A ninfa, obediente a Indra, convocou o deus do vento e o deus do amor, e os três partiram ao encontro do poderoso sábio.

Diante de Vishiwamitra, Menaka dançou a sua dança, o deus do vento lhe arrebatou as vestes e o deus do amor lançou as suas flechas. O santo homem não resistiu à beleza da ninfa e a tomou como noiva, desviando-se dos votos de austeridades.

Tempos depois, Menaka deu à luz uma menina e a abandonou às margens do rio. Os abutres a rodearam e a protegeram contra os leões e tigres que infestavam a floresta. Kanva, piedoso, a encontrou.

– Cuidarei dessa criança como se fosse minha filha – prometeu.

E Shakuntala terminou o seu relato:

– Eu era aquela criança abandonada pela ninfa. Agora você sabe como Kanva se tornou o meu pai.

– Abençoadas são as suas palavras, linda princesa – disse o rajá. – Você pertence à realeza. Seja a minha noiva e lhe darei colares e brincos de ouro, ricas pérolas e belas roupas. O meu reino também será seu. Case-se comigo segundo o rito dos Gandharvas(5), o melhor entre todos os casamentos.

Shakuntala aceitou, mas impôs uma condição: que o rajá escolhesse como herdeiro do trono o filho que ela haveria de ter.

– Se assim deseja, assim será – disse Dushyanta e, então, partiu, prometendo à jovem enviar um grande exército para escoltá-la até as suas terras.

Quanto Kanva retornou, Shakuntala, envergonhada, não foi recebê-lo. Mas assim que ele a encontrou e soube do ocorrido, tranquilizou-a:

– Você não quebrou nenhuma lei. Dushyanta é nobre e verdadeiro. Você terá um filho que certamente será renomado.

O casamento aconteceu e Shakuntala tornou-se mãe de um menino que cresceu forte e corajoso. Quando bebê, foi alimentado por uma leoa e, graças a essa convivência, sempre que ia à floresta, montava nas costas dos leões, tigres e porcos do mato. Aos seis anos, brincava com os filhotes dos leões, sem medo. Domava os animais e, por isso, era chamado de O Grande Domador.

Kanva percebeu que o garoto possuía uma coragem inigualável.

– Chegou a hora de ele ser indicado como herdeiro do trono – disse a Shakuntala. – E, em seguida, reuniu os seus discípulos e os enviou como escolta da mãe e do filho que foram para Gajasahvaya, cidade onde ficava o palácio de Dushyanta.

Ali, Shakuntala, mais uma vez, ficou frente a frente com o rajá.

– Oh! Dushyanta! Trouxe o seu filho. Cumpra a promessa que me fez e o indique como herdeiro de seu trono.

Dushyanta mostrou não ter ficado feliz com o que ouviu:

– Não me lembro de você. Quem é você e de onde veio, mulher? Nunca a tomei como esposa e não me importo se você vai ficar ou partir.

Shakuntala, aturdida com a frieza da resposta, permaneceu ali, de pé. Os seus olhos se tornaram cor de cobre. Os seus lábios tremeram. Depois de um breve silêncio, ela fitou o monarca e, fervorosa, exclamou:

– Difícil crer em suas palavras! Você sabe muito bem quem eu sou. Por que nega me conhecer, assim como se eu fosse uma pessoa inferior? Ouça o seu coração. Ele é testemunha do que estou dizendo. Você está sendo ladrão dos próprios afetos. Nada escapa aos deuses, eles sabem de tudo. Não abençoarão aquele que os nega sendo falso consigo mesmo. Não rejeite a mãe do seu filho, não rejeite sua mulher. Uma esposa verdadeira, além de lhe dar um filho, é a melhor amiga entre todos os amigos do marido. É a fonte da sua salvação, é a sua inspiração. É a grande companheira, tanto neste quanto no próximo mundo. O som doce da sua voz sempre traz alegria. Se o marido morre, a esposa logo o segue. Se ela vai antes, espera-o no céu. É a mãe que realiza o rito funerário e assegura a benção eterna do pai, benção que o resgata do inferno. Portanto, um homem deve reverenciar a mãe do seu filho como se visse o próprio reflexo num espelho, se alegrando por ter encontrado o céu. Por que, Rei, rejeita o seu filho, a sua própria imagem? Que pecado cometi em outra vida para que nesta eu sofra tantos abandonos? Primeiro, fui abandonada pelos meus pais e agora por você. Mas, caso eu tenha de ir embora, aceite seu filho. Abra seu peito!

– Todas as mulheres são mentirosas! Quem

acreditará em você? Nada sei sobre você ou sobre o seu filho... Vá embora, mulher, tenha vergonha! – Dushyanta disse. E Shakuntala respondeu, sem perder a coragem:

– Você só consegue perceber as fraquezas dos outros, mesmo que elas sejam tão pequenas quanto sementes de mostarda. Contudo, é cego para os seus próprios pecados, embora sejam imensos. Como o porco que ama a sujeira mesmo num jardim florido, o perverso só vê o mal em meio a um grande bem. Oh! Rei! A verdade é a primeira de todas as virtudes. Não quebre o seu voto de verdade. Deixe que ela faça parte de você. Mas, se prefere ser falso, devo realmente partir. O falso deve ser evitado... Porém, saiba, Dushyanta, quando você morrer, meu filho será rei deste mundo, circundado pelos quatro mares e adornado pelo monarca das montanhas.

Shakuntala, então, afastou-se do rei, mas uma voz, vinda do céu, falou suavemente:

– *Shakuntala disse a verdade. Portanto, Dushyanta, por ordem dos deuses, estime o seu filho. Dê-lhe o nome de Bharata*.*

Ao ouvir a ordem, imediatamente, o rei disse a seus conselheiros:

---

* O estimado.

— O mensageiro celestial falou. Devo obedecê-lo, dar boas vidas ao meu filho e respeitar o juramento que fiz a Shakuntala. Nenhum homem poderá duvidar da verdade, muito menos que sou o pai desta criança.

Então, Dushyanta abraçou e beijou o filho. Depois, honrando Shakuntala como a sua primeira rainha, disse com suavidade:

— Eu, entre todos os homens, ocultei nossa união e hesitei reconhecê-la. Perdoe as minhas palavras grosseiras tanto quanto eu desculpo as suas. Você falou apaixonadamente, minha linda fada de olhos grandes. Sei que você me ama e saiba que eu também a amo.

E assim, o filho de Shakuntala, sagrado herdeiro do trono, recebeu o nome de Bharata. Após a morte do pai, ele assumiu o trono e, exatamente como se espera de um descendente de Chandra, conquistou fama, honrarias e tornou-se um guerreiro poderoso e invencível no campo de batalha.

O estimado

Título original: *Nala e Damayanti*

– *Mahabharata* –

Nala era um grande rajá que reinava em Nishadha. Grande espadachim e arqueiro inigualável, comandava um exército poderoso. Todos exaltavam as suas qualidades. Devotado à verdade, era considerado o monarca dos deuses, tanto por respeitar as leis como pela sua generosidade.

Em Vidarbha, país vizinho, reinava Bhima, também poderoso e dotado de grandes virtudes. Bhima não tinha filhos, mas os desejava tanto que, para agradar aos deuses, praticava apenas boas ações.

Um dia, chegou à corte de Bhima o brâmane Damana que, ao saber do grande desejo do rajá, o atendeu. A rainha, então, tornou-se mãe de uma menina de rara beleza, Damayanti, e de outros três filhos: Dama, Danta e o renomado Damana.

Seus filhos cresceram e se tornaram poderosos. Damayanti também cresceu e a fama de sua beleza perturbadora e jamais vista percorreu o mundo. Como uma verdadeira deusa, a jovem, adornada de ricas joias, vivia cercada por centenas de servas e escravas e era reverenciada em todos os reinos.

Nala, como tantos outros, apaixonou-se perdidamente por Damayanti. À medida que seu amor por ela crescia, Nala ia ficando mais e mais impaciente e, pensando nela, passava dias inteiros nos jardins do seu palácio.

Um dia, Nala viu dois belos cisnes passeando pelo seu jardim. Decidiu esconder-se e, quando um deles se aproximou, Nala o pegou.

O cisne então lhe disse:

– *Não me mate e eu o servirei, poderoso rajá. Irei até Damayanti, ela me ouvirá e, a partir de então, jamais pensará em outro mortal que não seja você.*

Imediatamente, Nala o libertou e o cisne, seguido por seu companheiro, voou na direção de Vidarbha.

No palácio de Bhima, os cisnes pousaram no jardim e se aproximaram da princesa Damayanti que repousava à sombra. Ao vê-los, a princesa encantou-se com a plumagem brilhante e, acompanhada de outras mulheres, tentou pegá-los. A alegre perseguição foi interrompida quando um dos cisnes, repentinamente, parou diante da jovem e falou:

– *Damayanti! O rei Nala vive em Nishadha. Ele*

é como um deus e não há outro igual no mundo. Você, princesa, é a pérola entre as mulheres e o rei é o orgulho dos homens. Case-se com ele e a beleza se unirá à nobreza. Ambos serão abençoados.

A jovem ouviu o cisne como se vivesse um sonho. Maravilhada, pediu:

– Diga a Nala tudo o que você me disse.

– *Que assim seja!* – desejou o cisne, e alçou voo seguido pelo companheiro. No palácio, ele repetiu para o rajá o que havia dito à princesa.

A partir desse dia, Damayanti dedicou todos os seus pensamentos a Nala. Passou a ficar a sós, em silêncio. Perdeu o sono, o viço das faces, e a melancolia a envolveu. Sem mais ver prazer em festas e banquetes, a jovem deixou de falar. O amor havia tomado posse do seu coração.

As servas, sabendo a origem da tristeza da princesa, contaram a Bhima sobre o amor de sua filha e o rajá, assim que as ouviu, compreendeu que era chegado o tempo de conduzir Damayanti ao casamento. Então, convidou todos os rajás para visitarem o seu reino.

Céus e terra estremeceram com a chegada de tantos elefantes, cavalos, exércitos e carros conduzindo reis e príncipes. Bhima deu-lhes boas-vindas e todos se acomodaram em seus tronos.

No mesmo instante, os sábios Narada e Párvata subiam ao topo do Monte Meru, o céu de Indra. Lá chegando, Indra perguntou:

– Onde estão todos os herois reais? Por que não vieram? Seriam meus hóspedes.

– Não puderam vir. – Narada explicou. – Acontecem agora os preparativos para o casamento de Damayanti, a filha de Bhima. Ela é a mulher mais linda da Terra. Ela é a pérola do mundo e não há um único rei que não a deseje como esposa.

Outros deuses, assim como Indra, ouviram Narada e exclamaram:

– *Nós também a queremos!* – e, atravessando os ares, chegaram ao palácio de Bhima e se juntaram aos pretendentes da princesa.

Nala não escondia o seu amor por Damayanti e os deuses, irradiando uma luz intensa, colocaram-se diante dele e disseram:

– *Nós o estávamos procurando, grande príncipe. Que você seja o portador da nossa mensagem.*

Nala os reverenciou, prometeu obediência e perguntou, humilde:

– Mas quem exige os meus serviços?

– *Somos os guardiões do mundo! Eu sou Indra, Senhor dos Céus! Este é Agni(6), o deus do fogo! Aqui, ao meu lado está Varuna(7), rei das águas e ali está Yama, Senhor dos Mortos. Exigimos que você diga a Damayanti que viemos cortejá-la. Entre nós quatro, ela escolherá o seu marido.*

Nala, mãos postas, reverente, suplicou:

– Não me peçam isso, eu lhes rogo! Eu a amo. Como posso então ser o portador dessa ordem?

Por misericórdia, grandes deuses, não me entreguem tão triste missão.

Os deuses ignoraram os seus rogos e o fizeram lembrar que havia prometido obediência. Exigiram, então, que partisse.

– Jamais conseguirei entrar no palácio de Bhima! Ele é fortemente guardado – ponderou Nala.

– *Acredite, você entrará.* – Indra afirmou.

Imediatamente, graças aos deuses, Nala se viu diante de Damayanti, nos seus aposentos secretos.

A princesa estava cercada por seu séquito de servas. A sua beleza era imensa e o amor de Nala tornou-se mais forte e profundo. Porém, ao lembrar-se da sua missão, disfarçou seus sentimentos e apenas sorriu. A princesa retribuiu o sorriso e exclamou:

– Quem é você? Chega aqui como um ser celestial despertando todo o meu amor! Diga-me! Como você conseguiu entrar no palácio sem ser visto? Por ordem do rei, todos os aposentos estão fortemente guardados.

– Eu sou Nala. Estou aqui como mensageiro dos deuses Indra, Agni, Varuna e Yama. Foi através do poder destes deuses que entrei nos seus aposentos, princesa. Eles desejam que eu lhe transmita uma mensagem. Querem que você escolha um deles como marido. Essa é a mensagem dos guardiões do mundo.

Damayanti postou as mãos e reverenciou os deuses. Depois, sorrindo, disse:

— Eu sou sua, Nala, e tudo o que possuo é seu também. Dê-me o seu amor. O meu nasceu depois das palavras do cisne. Saiba que é por sua causa que há tantos rajás aqui. Caso você me despreze, morrerei. Pelo fogo, pela água ou pelo laço.

— E você desprezaria os deuses escolhendo um mortal para marido? Um mortal que é inferior à poeira que eles levantam ao caminhar? Deixe que o seu coração escolha um deles. Não se esqueça que todos aqueles que provocaram a ira dos guardiões do mundo encontraram a morte. Será esse o meu destino, caso você me escolha. Por favor! Os deuses são perfeitos e ao lado de um deles, você desfrutará da alegria celestial.

Tremendo e com os olhos marejados de lágrimas, Damayanti disse:

— Presto humildemente todas as minhas homenagens a todos os deuses, mas desejo você como meu marido. Você e mais ninguém!

— Lembre-se que estou aqui cumprindo uma missão ordenada pelos deuses. Nada posso falar a meu respeito.

A jovem sorriu entre as lágrimas tristes.

— Eu sei como escapar desta imposição. Venha para a cerimônia da escolha e fique junto aos deuses. Então, direi o seu nome e ninguém poderá culpá-lo.

Nala retornou e contou aos deuses, palavra por palavra, o que a princesa tinha dito.

– Que, aconteça o que acontecer, vocês julguem com sabedoria – acrescentou.

E chegou o dia da escolha. Bhima reuniu os apaixonados rajás e os levou para o grande salão, passando pelas colunas douradas e pelo grande arco do portal. Lá, os rajás ocuparam seus tronos. Alguns eram fortes e poderosos, outros eram delicados, porém, na face de todos, havia a luminosidade das estrelas, tão ansiosos estavam pela chegada da princesa.

Damayanti entrou no salão e todos se voltaram para ela. Depois, o nome de cada rajá foi proclamado em voz alta. Nala olhava para a princesa e, de repente, ela notou, lado a lado, a presença de cinco Nalas. Todos rigorosamente iguais, indistinguíveis. Os deuses tinham assumido a forma do homem amado, e ela, olhando para cada um deles, se perguntava:

– Qual deles é o verdadeiro Nala?

Tremendo de medo, Damayanti juntou as mãos, rendeu homenagens aos deuses, orou e disse suavemente:

– Quando ouvi as palavras do cisne, prometi o meu coração a Nala. Esta é a verdade e pela verdade imploro a meus deuses que se revelem.

Por minha fé, nunca me desviei do caminho, nem por palavras, nem por ações. Esta é a verdade e pela verdade imploro a vocês, meus senhores, que se revelem.

Os deuses destinaram Nala a mim, como meu marido. Esta é a verdade e pela verdade imploro, grandes senhores, que se revelem.

O voto que fiz a Nala é sagrado. Preciso cumpri-lo. Esta é a verdade e pela verdade imploro, meus senhores, que se revelem.

Grandes e poderosos guardiões do mundo assumam agora as suas formas divinas. Quero saber qual entre vós é Nala, o monarca dos homens!

A triste oração da jovem comoveu os deuses que, assim, entenderam que a decisão da princesa era inabalável e seu amor por Nala era também inabalável. Então, se revelaram, mostrando o quanto eram grandiosos.

Damayanti pôde, então, observá-los e viu que as suas peles eram translúcidas e os seus olhos brilhantes. Viu que nas suas vestes não havia um único grão de areia e que os seus pés não tocavam o chão. E, ao lado deles, estava Nala.

Ela olhou para os deuses, depois para os rajás presentes e pronunciou o nome de Nala. Era o seu escolhido. Timidamente, aproximou-se dele, e colocou uma guirlanda de flores em seu pescoço.

Todos os rajás gritaram de dor e de angústia ao serem preteridos, mas os deuses exclamaram:

– *Certo, princesa. Muito boa a sua escolha!*

Nala reverenciou os deuses e disse:

– Damayanti, minha princesa, você me escolheu como marido na presença dos deuses. Prometo que serei um marido fiel. Viva quanto viver, serei seu, apenas seu.

A promessa de Nala inundou de alegria o coração da princesa. Juntos, mãos postas, reverentes, homenagearam os deuses e Nala recebeu suas dádivas. Indra lhe deu o poder de chefiar os rituais e o poder de caminhar, fosse para onde fosse, sem encontrar obstáculos. Agni lhe concedeu o poder sobre o fogo e o poder sobre os três mundos (o céu, a terra e o mundo subterrâneo). Varuna lhe deu o poder sobre a água e o de obter guirlandas frescas sempre que quisesse. E Yama lhe concedeu habilidade para o preparo dos bons alimentos e a excelência em cada uma das virtudes.

Dádivas concedidas, os quatro deuses partiram. Os outros rajás, conformados com a escolha da princesa, também se retiraram.

Bhima, imensamente feliz com o pomposo casamento da filha, despediu-se do casal.

Os jovens voltaram para o reino de Nala e ele jamais escondeu a sua alegria e a felicidade de ter conquistado o coração da pérola entre as mulheres do mundo!

Manu e o dilúvio indiano

– *Mahabharata* –

Manu era um grande rishi(8) que, no seio de uma floresta, impôs a si mesmo duras provas e penitências que cumpria com muito rigor. Assim, passou dez mil anos meditando profundamente, postado ereto, sustentando-se em uma só perna e com as mãos para o alto. Num certo dia, enquanto meditava, Manu teve suas vestes encharcadas pelas águas de um riacho, quando um peixe saltou sobre ele pedindo a sua proteção: um peixe, maior e muito perigoso queria devorá-lo. Em troca de ajuda, o peixe prometeu a Manu muitas recompensas.

O grande rishi, então, atendeu ao peixe e o colocou num jarro de barro. Porém, o peixe cresceu e o jarro se tornou pequeno. Manu colocou-o em um tanque, mas o peixe continuou crescendo e o tanque também se tornou pequeno.

O peixe pediu a Manu que o levasse para o rio Ganges, o "favorito do oceano" e, mais uma vez, Manu atendeu ao seu pedido. Mas, já no caminho, o peixe considerou:

– *Com esse meu atual tamanho, não poderei me movimentar no rio. Leve-me para o oceano.*

E assim fez Manu, seguindo com o peixe até o mar onde pretendia deixá-lo a salvo e vivendo livremente. Mas, antes que Manu se afastasse, o peixe avisou:

– *Manu! A dissolução do universo está próxima. É chegado o tempo da purgação do mundo. Eu o aconselho, Manu, protetor adorável que merece ser salvo: construa uma grande e resistente arca e nela amarre uma corda igualmente forte e muito longa. Depois de pronta, vá para o seu interior com os sete rishis, levando consigo todas as diferentes sementes enumeradas pelos brâmanes do passado. Preserve-as com cuidado e espere por mim. Ressurgirei na forma de um animal com chifres. Então, obedeça as minhas instruções, caso contrário, você não sobreviverá. O dilúvio será terrível!*

O grande rishi, seguindo o conselho do peixe, construiu o navio e recolheu todas as diferentes sementes que havia. Logo em seguida, sete sóis abrasadores surgiram no firmamento trazendo uma terrível seca que fez desaparecerem as águas. Depois, movido por um vento forte, o fogo varreu toda a terra e destruiu todas as coisas. Era como se o universo inteiro estivesse em chamas.

Num só instante, nada mais havia.

Nuvens multicoloridas e brilhantes, cujos desenhos lembravam manadas de elefantes com coroas de relâmpagos, juntaram-se no céu escurecendo tudo.

E choveu durante doze anos!

Somente quando florestas e montanhas foram totalmente cobertas pelas águas, as espessas nuvens desapareceram e o Criador amainou os ventos.

O universo era uma apavorante vastidão de água!

Manu, que havia seguido as instruções do peixe, inexplicavelmente, pôde navegar em seu navio, resistindo à força das águas e dos ventos. Navegou sem rumo no mar revolto e ao pensar no peixe, o viu surgir diante de si como uma ilha de salvação. Na sua nova forma, como havia dito que viria, tinha grandes chifres e neles enlaçou a grossa corda atada ao navio. E foi assim que conduziu Manu e sua grande arca.

Chacoalhando, rangendo, de um lado para o outro, o navio navegou como se estivesse bêbado. Não havia um único pedaço de terra à vista. Tudo o que havia era Manu, a arca puxada por um animal de chifres enormes, os sete rishis e água, muita água cobrindo tudo, inclusive o firmamento.

Muitos anos se passaram até chegar o dia em que o navio foi lançado contra o pico mais alto do Himavat, hoje chamado de Naubandhana.

Então, solenemente, o peixe falou:

– *Eu sou Brahma, o Senhor de todas as criaturas! Nada há que me supere. Nada há que me detenha. Salvei você do cataclisma, Manu! Agora, você criará novamente deuses, homens e todos os seres, sejam aqueles que receberam o dom da locomoção como também aqueles que não se locomovem. Você, Manu, adquiriu esse poder ao passar, durante dez mil anos, por duras penitências.*

E foi assim que Manu iniciou a criação de todos os seres na ordem própria e exata e conforme lhe foi determinado.

Karna, o Moisés indiano

– *Mahabharata* –

Num passado distante, vivia um rajá(9) de nome Pandu, monarca poderoso que reinava com firmeza e justiça.

Pandu tinha duas esposas: Madri e Pritha. Ele amava Madri, mas Pritha era a sua primeira esposa e, assim sendo, sua rainha. Jovem de bom coração e reverente aos homens santos, Pritha tinha origem celestial. Era filha de uma ninfa e de um brâmane santificado e fora, ainda bebê, adotada pelo rajá de Shurasena.

Num dia de céu muito claro, chegou ao palácio de Pandu o grande rishi Durvasas. A rainha, fervorosa aos homens santos, assumiu a responsabilidade de alimentá-lo e de manter acesa a chama do fogo sagrado na câmara sacrificial. Durvasas morou no palácio por um ano e, ao partir, em sinal de gratidão à rainha, compartilhou com ela um poderoso encantamento: um mantra capaz de levar ao amor um ser celestial.

Passado um tempo, Pritha teve a visão de Surya(10), o deus do sol. Diante dele, murmurou o mantra e ele, vestido como um rajá e usando brincos celestiais, veio ao seu encontro. Como previsto, os dois se apaixonaram e viveram um amor intenso. Este amor gerou um filho, uma criança de olhos de leão e ombros de touro que também possuía os brincos celestiais. Seu corpo era revestido por uma couraça invulnerável.

Pritha, presa à vergonha, escondeu o recém-nascido. Um dia, enrolou-o em mantas macias e, apoiando sua pequena cabeça sobre um delicado travesseiro, deitou-o numa cesta de vime recoberta com cera. Chorando amargamente, como choram todas as mães que sofrem, Pritha colocou a cesta sobre as águas do rio e, olhando carinhosamente para o filho, disse:

– Oh! Meu bebê! Que você seja protegido na terra, na água e no céu! Que você seja muito amado por aquele que o encontrar. Que Varuna, deus das águas, o proteja e o afaste de todos os perigos. Que o seu pai, o Sol, possa lhe dar calor. Será abençoada aquela que o encontrar. Que ela possa cuidar de você, assim como as leoas cuidam de suas crias nas florestas do Himalaia. Quanto a mim, graças à sua couraça dourada, eu o encontrarei no futuro, onde quer que você esteja.

Pritha soltou a cesta na correnteza do rio Aswa e acompanhou o seu trajeto até que desaparecesse, confiante de que a criança sobrevivesse protegida pelas virtudes da couraça e dos brincos celestiais.

O Aswa terminava no rio Jumna, afluente do Ganges, o rio sagrado que atravessa o país de Anga. Ali moravam Radha, mulher de rara beleza, e Shatananda, seu marido cocheiro. O casal, há muito tempo, sofria porque os céus não lhe davam um filho. Mal sabiam que a boa nova estava a caminho.

Passeando nas margens do rio, foi Radha quem viu uma cesta flutuando. Com a ajuda de uma vara, puxou-a e conseguiu recolhê-la. Ao abri-la, viu a criança dormindo placidamente e o seu coração transbordou de alegria.

– Os deuses, enfim, ouviram meus apelos e me enviaram um filho! – gritou.

Radha adotou e cuidou do bebê. Os anos se passaram. Karna tornou-se um poderoso arqueiro e partiu de Anga a caminho de Hastinapur, capital do reino. Sua missão era enfrentar Arjuna, o mais famoso e habilidoso guerreiro da época.

Karna e Arjuna eram irmãos, mas eles não sabiam. E a grande disputa entre os dois percorreu mundos, tornou-se famosa. Mas esta, bem, esta é uma outra história...

Pandavas e Kauravas

– *Mahabharata* –

Outra história de tempos atrás, conta um pouco mais sobre Pritha, mãe de Karna e de todos os filhos de Pandu, que, na verdade, não eram seus filhos legítimos. É o que contam...

Um dia, sentindo-se pronta para o casamento e profundamente apaixonada, Pritha escolheu o rei Pandu como seu marido. Como símbolo de sua escolha, colocou uma guirlanda de flores na cabeça do amado.

Pandu era guerreiro valente, amante das grandes conquistas e tudo fazia para aumentar suas posses e territórios, porém, pairava sobre ele uma profecia de que, um dia, ele se defrontaria com uma grande infelicidade, verdadeira tragédia.

Apesar da profecia, Pandu seguiu sua vida normalmente. Quis o destino que ele conhecesse

Madri, jovem de olhos negros e tristes que viera de Madra. Pandu encantou-se por ela e seguindo os costumes matrimoniais do povo de Madra, gastou grandes fortunas em joias, elefantes e cavalos e fez de Madri sua segunda esposa. Para tristeza de Pritha, Madri tornou-se a esposa preferida de Pandu.

Um dia, Pandu decidiu viajar com suas duas esposas até as montanhas do Himalaia para caçar, atividade que ele mais adorava. E lá, Pandu flechou e feriu mortalmente o que ele acreditava ser um casal de veados. Não era. Para seu desespero, Pandu descobriu depois, tratar-se de um brâmane sagrado e sua esposa que estavam, naquele instante, sob a forma animal. À beira da morte, o brâmane assumiu sua forma humana e, amaldiçoando Pandu, predisse que ele morreria nos braços de uma de suas esposas.

Confirmava-se assim a profecia. Era esta a tragédia que sempre pairou sobre o destino de Pandu.

O rei, tomado pelo medo, fez votos de celibato e doou todos os seus bens aos brâmanes. Depois, foi viver em lugar solitário e distante com suas duas esposas.

Desta convivência, nasceram cinco filhos, nenhum deles filhos próprios de Pandu, mas, sim, dos deuses. Pritha teve três filhos: Yudhishtira (filho de Dharma, o rei da justiça), Bhima (filho de Vayu, o deus do vento), e Arjuna (filho do poderoso Indra, monarca dos céus). Madri recebeu de Pritha o mantra dado a ela por Durvasas e tornou-se mãe de Nakula e Sahadeva, cujos pais eram os gêmeos Aswins, filhos de Surya, o deus sol. Estes cinco príncipes passaram a ser conhecidos como Pandavas(11).

Veio o dia em que Pandu, finalmente, cumpriu o destino vaticinado pelo brâmane. Ao encontrar-se com Madri, convidou-a para caminhar pela floresta com ele. Ali, ao abraçá-la, Pandu caiu morto.

Seus filhos, os irmãos Pandavas, desejando que a alma do pai subisse aos céus, pediram que fosse construída uma pira funerária. Porém, havia, na época, um outro costume a ser seguido: para acompanhá-lo, uma das esposas deveria ser queimada com o marido morto. Pritha e Madri, desejando acompanhar Pandu, começaram a discutir:

– Eu é que devo ir com o meu senhor – disse Pritha. – Afinal, fui a sua primeira esposa e, portanto, sua rainha. Por favor, Madri, permita-me acompanhá-lo. Você cuidará de nossos filhos.

– Não diga isso! Eu, como a favorita do rei, devo ser a escolhida. Não me recuse este direito! Pandu morreu porque me amava e não serei capaz de cuidar de nossos filhos como você!

As duas discutiram muito, mas não chegando a um acordo, tiveram a solução ditada pelos sábios brâmanes que, até então, ouviam silenciosos seus argumentos. E, por ser a favorita do rei, foi decidido que Madri o acompanharia em sua jornada.

Assim foi feito. E Madri, na pira funerária, morreu abraçada ao seu Senhor.

O trono vago com a morte do grande rajá foi assumido pelo seu irmão cego, pai de uma centena de filhos denominados Kauravas(12). Graças ao novo rei, os primos Pandavas e Kauravas, cresceram juntos, conviveram, estudaram e treinaram as artes marciais.

Claro: sempre há aquele que se sobressai e aquele que inveja. Foi Arjuna, o Pandavas filho caçula de Pritha quem se sobressaiu. Foi Duryodhana, o Kauravas invejoso.

E os Kauravas, filhos do irmão mais velho do rei Pandu, entenderam que era apenas deles o direito ao trono e ao reino. Mas, graças à fama e à popularidade dos Pandavas, a discórdia movida pela inveja e pelo ciúme não se estabeleceu de pronto. Estabeleceu-se quando Karna desafiou Arjuna, em Hastinapur. Os Pandavas ficaram ao lado de Arjuna, enquanto os Kauravas, incitados por Duryodhana, tomaram o partido de Karna.

E a disputa se tornou tão imensa e tão intensa que deu origem à Grande Guerra dos Bharathas, cantada em versos no Mahabharata.

Um santo verdadeiro

– Folclore –

A prática da meditação, no Oriente, envolve a pronúncia constante dos mantras. Nos seus cânticos e ritmos o praticante se concentra e, muitas vezes, alcança grandes revelações. Os mantras, em geral, são compostos de palavras em sânscrito e sua pronúncia varia de região para região. É nos mosteiros que se ouve constantemente o som dessas palavras. E a nossa história começa aqui...

Num certo mosteiro distante, havia um devoto que, graças a muitos anos de meditação, tinha conseguido alcançar um pequeno grau de elevação. Mas a sua humildade, nem de longe estava perto da perfeição. Certo dia, ele ouviu falar de um conhecido eremita que morava em uma ilha, bem no centro de um lago, não muito longe dali.

O devoto quis conhecê-lo para com ele aprender novos ensinamentos. Decidido, alugou um barco e atravessou o lago. Lá chegando, foi muito bem recebido. Os dois compartilharam um chá de ervas e, durante a conversa, o devoto perguntou ao eremita sobre as práticas espirituais que tinham lhe dado tanta sabedoria e feito dele um sábio respeitado. O eremita pensou um pouco e afirmou que não tinha nenhuma prática constante a não ser, durante o dia inteiro, repetir um mantra para si mesmo.

O devoto, animado com a possibilidade de chegar próximo à iluminação apenas pronunciando um mantra, pensou que se soubesse qual era a palavra repetida, pudesse também alcançar rapidamente a elevação. Então, perguntou:

– Que mantra é esse?

Ao ouvir o mantra, o devoto não conseguiu disfarçar seu espanto ao descobrir que era o mesmo que ele pronunciava.

– Falei algo errado? – o velho sábio, humildemente, perguntou.

O devoto, sentindo muita pena do velho homem, respondeu:

– Não sei como lhe explicar, mas acho que o senhor desperdiçou a sua vida inteira. A sua pronúncia do mantra é incorreta!

– Oh! Que coisa horrível. Como devo pronunciá-lo?

O devoto lhe ensinou a pronúncia correta e o velho, depois de repeti-la muitas vezes, pediu que o devoto partisse. Queria ficar a sós e praticar a nova pronúncia.

Durante a travessia de volta, por sua pouca humildade, o devoto achou que tinha sido enviado à ilha para ajudar o ermitão. E pensou:

– Que sorte a dele eu ter decidido ir vê-lo! Afinal, ele não está tão velho. Ainda terá tempo para praticar corretamente o mantra.

Então, notou que o barqueiro se voltava, incrédulo, para uma determinada direção e, acompanhando o seu olhar, assombrou-se ao ver o velho, ao lado do barco, em pé sobre as águas.

O eremita, depois de fazer uma reverência aos homens que estavam no barco, disse respeitosamente:

– Desculpe-me por interromper a sua viagem. Sinto incomodá-lo, mas, como estou velho, não consegui guardar na memória a pronúncia correta do mantra. Você poderia repeti-la?

– Está claro que o senhor não precisa saber como eu pronuncio o mantra – gaguejou o devoto, completamente admirado.

Mas o velhinho não desistiu. Ficou ali, pairando sobre as águas e insistindo de uma forma tão simples quanto educada. O devoto, incomodado com a visão do eremita sobre as águas, pronunciou o mantra.

O sábio, então, continuou ali por alguns minutos, pairando sobre as águas e repetindo correta e lentamente a pronúncia do mantra. Depois, sem parar de pronunciá-lo, caminhou sobre as águas e voltou para a ilha.

A cama, a bolsa e a tigela

– Folclore –

Era uma vez, um reino distante governado por um ilustre rajá. O rajá tinha apenas um filho, desde cedo educado para, no devido tempo, tornar-se um bom regente. O príncipe estudou e formou-se em muitas disciplinas mas, hábil no manejo do arco e flecha, tinha a arte da caça como sua disciplina predileta. E por muito gostar, praticava todos os dias e caçava em todas as florestas do seu país.

Um dia, sua mãe lhe disse:

– Você, meu filho, pode caçar em todas as florestas da nossa terra. Vá até as fronteiras, tanto a do norte quanto a do sul. Vá também à fronteira do leste, porém, jamais se aproxime da fronteira oeste. Eu o proíbo!

O jovem desconhecia a intenção da mãe: ela

queria evitar que o filho soubesse da existência da princesa que vivia no país vizinho. Ela era linda. Tão linda que o rajá e a rainha temiam que o jovem príncipe, ao conhecê-la, abandonasse a sua terra.

O jovem, sem discutir, seguiu os conselhos da mãe. Mas certo dia, curioso, quis descobrir o que havia daquele outro lado que justificasse a proibição. Então, caminhou na direção oeste, penetrou na floresta e nada viu além de um bando de papagaios. Nada havia que tornasse esta, diferente das outras fronteiras.

Despreocupado, o príncipe tentou acertar os papagaios com sua flecha, mas todos fugiram, exceto um: era Hiraman, o rei daquele bando de aves.

Hiraman, vendo-se abandonado pelos súditos, gritou:

– *Voltem! Não me deixem assim sozinho. Caso contrário, contarei tudo para a princesa Labam.*

Os papagaios voltaram, tagarelas e ruidosos e, espantado com o que ouvira, o príncipe perguntou:

– Quem é essa princesa? Onde ela vive?

– *Você não conseguirá chegar aonde a princesa vive* – as aves responderam juntas.

O príncipe insistiu muito, mas não conseguiu que os papagaios lhe dissessem onde a princesa morava. Triste, ele recolheu seu arco e suas flechas, perdeu o interesse pela caça e voltou para casa.

Enquanto caminhava, só tinha um pensamento: encontrar a princesa.

Os dias passaram e a curiosidade do príncipe só aumentou. Sua tristeza também. E o jovem deixou de falar, de comer e de sorrir e, assim, adoeceu. Seus pais, preocupados, exigiram que o filho contasse o que estava acontecendo.

– Preciso procurá-la. Preciso vê-la. Descobrir como ela é. Digam-me como chegar ao seu país.

Tinha acontecido o que eles tanto temiam. Mesmo sem conhecer a princesa, o jovem já sofria por ela e tudo o que queria era ir ao seu encontro.

– Não sabemos onde é! – responderam seus pais.

– Então, preciso procurar.

– Não! Você não pode nos deixar – falou sua mãe. – É nosso único filho. Fique. Você jamais encontrará a princesa Labam.

– Mas vou tentar. Talvez os deuses me mostrem o caminho. Talvez eu sofra ou morra. Mesmo assim, vou tentar. E só voltarei depois de encontrá-la – ele prometeu.

Sofrendo, os pais consentiram. Deram ao filho roupas, um cavalo e muito dinheiro. A mãe lhe entregou um pacote com pedaços de bolo, alimento para a jornada. E o jovem, temendo os perigos do caminho, pegou suas armas.

Decidido, o príncipe partiu em direção ao oeste. Entrou na floresta e cavalgou durante horas, até chegar a um lago. Exausto, banhou-se. Deixou o cavalo saciar a sede. Sentindo fome, pensou em comer um pedaço do bolo que a mãe lhe dera, mas ao abrir o pacote, descobriu que ele estava infestado de formigas.

– Não faz mal – pensou ele. – Elas também têm fome. Vou deixar que elas comam todo o bolo.

Imediatamente, o rei das formigas ficou diante do príncipe e lhe falou:

– *Você é generoso e por isso somos gratos. Se um dia precisar da nossa ajuda, pense em mim e eu irei até você.*

O príncipe agradeceu, reuniu as suas coisas, montou no cavalo e seguiu viagem. Algum tempo depois, ouviu o rugido de um tigre e o viu caído sobre a mata. Prudente, mantendo-se um pouco afastado, o príncipe lhe perguntou:

– Por que está rugindo assim? O que aconteceu?

– *Tenho um espinho encravado na minha pata há anos. Sofro muito com as dores que ele provoca.*

– Bem... eu posso arrancá-lo, mas você é um tigre e talvez me ataque assim que estiver livre do espinho.

– *Não!* – exclamou o tigre. – *Não e não! Não vou fazer isso. Ajude-me, por favor.*

O príncipe, convencido de que o tigre estava sendo sincero, pegou uma pequena faca e retirou o espinho. Mas, ao ser retirado, a dor foi tão intensa que o tigre deu um rugido ainda mais alto.

Não muito longe dali, a tigresa ouviu o rugido do marido e correu ao seu encontro. Ao vê-la chegando e temendo pela reação que ela teria, o tigre pediu que o jovem se escondesse.

– *O que lhe fez aquele homem que estava aqui? Ele o feriu?* – perguntou ela.

– *Não. O jovem me ajudou, retirando o espinho da minha pata.*

– *Pois onde ele está? Quero vê-lo.*

– *Antes, prometa-me que não vai matá-lo.*

– *Não quero matá-lo. Quero vê-lo* – ela insistiu.

O tigre chamou o jovem benfeitor. Quando ele apareceu, a tigresa lhe fez uma reverência, entregou-lhe a caça que trouxera e os três se alimentaram.

Ficaram juntos durante três dias. Ao longo desse tempo, o jovem, com seus conhecimentos e cuidados, curou totalmente a pata do tigre. E foi em agradecimento que o tigre disse ao se despedirem:

– *Você é generoso. Caso tenha algum problema e necessite de ajuda, pense em mim e irei ao seu encontro.*

O príncipe agradeceu, reuniu as suas coisas, montou no cavalo e partiu. Cavalgou muito até chegar a uma outra floresta onde viviam quatro faquires. Seu mestre havia morrido e deixado uma cama, uma bolsa, uma tigela e um cajado preso a uma corda.

A cama levava quem nela se sentasse ao lugar que desejasse.

A bolsa dava ao seu dono roupas, joias e alimentos.

A tigela, toda de pedra, fornecia água em abundância.

O cajado protegia o seu dono, amarrando os homens que o desafiassem.

Os quatro faquires disputavam a herança do mestre sem entrar num acordo. Vendo o que acontecia, o príncipe sugeriu:

– Por favor, não briguem. Eu tenho uma solução. Vou atirar quatro flechas em quatro direções diferentes. Quem encontrar a primeira flecha ficará com a cama, quem encontrar a segunda ficará com a bolsa e, assim por diante.

Os faquires concordaram e o príncipe lançou a primeira flecha. Todos correram e, assim que voltaram, o príncipe lançou a segunda, depois a terceira e a quarta, até que todos os pertences do mestre tivessem um novo dono. Feito isso, porém, o jovem soltou seu cavalo, pegou a bolsa, a tigela e o cajado, sentou-se na cama e ordenou:

– Cama, desejo ir para a terra da princesa Labam!

Momentos depois, num passe de mágica, a cama pousava mansamente entre alguns arbustos.

O príncipe manteve a cama escondida e andou poucos passos até ver alguns homens.

– Que país é esse? – perguntou.

– É o país da princesa Labam – disseram eles.

– Finalmente – murmurou o jovem, e caminhou até ver a casa de uma mulher bem idosa.

A mulher fazia seus trabalhos domésticos e, assim que viu o jovem indagou quem era ele e de onde vinha.

– Venho de um país distante. Seria possível eu passar a noite aqui?

– Não, não seria. O rajá não permite estrangeiros em nossa terra.

– Diremos que você é minha tia. Você não pode deixar o seu sobrinho ficar por uma noite? Veja. Já está anoitecendo, posso ser atacado por uma fera se voltar para a floresta.

– Está bem. Você pode ficar aqui esta noite, mas, por favor, parta logo cedo. Se o rei souber que lhe dei abrigo, mandará me prender.

Entraram na casa e o príncipe sentiu-se feliz. Quando viu que a velha senhora começava a preparar o jantar, falou:

– Tia, querida, não se preocupe. Eu providencio o jantar.

E, pondo a mão sobre a bolsa do faquir, disse:

– *Bolsa! Desejo um belo jantar!*

Imediatamente, a bolsa se abriu e, além do jantar, surgiram pratos e talheres de ouro.

Felizes, falsa tia e falso sobrinho jantaram com prazer. Terminada a refeição, a mulher falou:

– Vou buscar água.

– Não será necessário – disse o príncipe – vou lhe dar água em abundância.

E, pegando a tigela, pediu:

– *Tigela! Preciso de água!*

Imediatamente, a tigela se encheu de água, e transbordou até que o jovem ordenasse:

– *Tigela, pare!*

Quando a escuridão da noite invadiu a casa, o príncipe perguntou por que a mulher não acendia alguma luz.

– Não é necessário. Todas as noites, a princesa Labam senta-se no telhado do palácio e o seu brilho é tão grande que ilumina todo o país e todas as casas. A sua luz é tão poderosa quanto a luz do dia. Podemos até trabalhar.

E logo a princesa apareceu, usando lindos tecidos e joias. Ela jamais saía do palácio durante o dia, mas, noite fechada, sentava-se no telhado e brilhava mais que a lua.

O país se iluminou e o príncipe observou a princesa.

– Como ela é linda! – disse para si mesmo.

À meia-noite, quando todos já dormiam, a princesa desceu do telhado, foi para seus aposentos, deitou-se e dormiu. O príncipe, às escondidas, foi até os arbustos, sentou-se na cama e ordenou:

– *Cama! Quero ir aos aposentos da princesa.*

Imediatamente, o príncipe se viu no quarto da princesa, observou-a longamente, pegou a bolsa e disse:

– *Bolsa! Desejo uma grande quantidade de folhas de betel*[1].

Imediatamente, o príncipe enfeitou o quarto da jovem com as folhas. Depois, sentou-se na cama e ela o levou de volta.

Na manhã seguinte, encontrando as folhas, os servos da princesa começaram a comê-las.

– De onde vieram essas folhas? – perguntou a princesa.

– Nós as encontramos rodeando a sua cama – disseram os servos, sem ter a menor ideia de onde elas poderiam ter vindo...

Enquanto isso, na casa, a velhinha, muito preocupada, pedia ao jovem que fosse embora antes que ela fosse presa. Mas o príncipe mais uma vez insistiu, alegando estar doente e prometeu partir na manhã seguinte. E pediu tanto que a senhora, mais uma vez, concordou:

– Está bem. Que seja mesmo bem cedo.

---

[1] Betel: palmeira de bétele, também conhecida por *areca*, especialmente difundida na Ásia e na África oriental. Mascar sua semente faz parte de muitas culturas asiáticas.

E o dia passou sereno, chegou a noite e a princesa voltou ao telhado. À meia noite, retirou-se para o seu quarto. Então, o príncipe, outra vez levado pela cama, foi ao quarto da princesa, pegou a bolsa e pediu:

– *Bolsa! Desejo o xale mais lindo do mundo!*

Imediatamente, a bolsa lhe deu um xale esplêndido e com ele o jovem cobriu a princesa. Depois, voltou para a casa de velha senhora e dormiu até amanhecer.

Assim que a princesa acordou e viu o lindo xale que a cobria, ficou tão encantada que saiu de seus aposentos e percorreu o palácio em busca da mãe:

– Veja, minha mãe, os deuses me deram este xale. Não é lindo?

– Sim, minha filha, é um xale maravilhoso. Prova de que os deuses a querem bem.

Enquanto isso, na casa simples da velha senhora, repetia-se o diálogo da véspera. E a mulher, mais uma vez, explicando os seus justos motivos, pedia ao jovem que partisse. Mas ele, irredutível, sem querer ficar longe da princesa, mais uma vez a convenceu a esperar.

– Mais uma noite – disse ele. – Ainda não me sinto bem. Prometo ficar escondido e ninguém me verá.

E a boa mulher concordou.

Mais um dia transcorreu sereno, trouxe ao final a noite e, com ela, a jovem princesa no telhado.

Sua luz radiosa iluminou casas, povoados, terras, um país, até que, à meia noite, ela se recolheu.

Durante o sono tranquilo, mais uma vez a jovem foi visitada pelo príncipe que, desta vez, abriu a bolsa e pediu que ela lhe desse o mais lindo anel do mundo.

Imediatamente, surgiu nas mãos do príncipe o mais lindo anel que ele já tinha visto. Com cautela, ele pegou a mão da princesa e tentou colocar-lhe o anel, mas a jovem acordou. Com o susto, ela se ergueu bruscamente, sentou-se na cama e perguntou:

– Quem é você? De onde vem? O que faz em meus aposentos?

– Nada tema, princesa. Não sou ladrão. Sou filho de um grande rajá e abandonei o meu país para procurá-la. Foi o papagaio Hiraman quem me disse o seu nome.

– Você é um príncipe, filho de um grande rajá. Vou dizer aos meus pais que desejo me casar com você.

Assim que o jovem retornou à casa onde se hospedava, a princesa procurou pela mãe;

– O filho de um grande rajá está aqui, no nosso país, e desejo me casar com ele.

A rainha contou para o rei e este decidiu:

– Para que esse jovem possa se casar com a minha filha, terá que realizar tarefas. Se falhar, eu o matarei. Vou lhe dar quarenta quilos de sementes de mostarda e ele terá um único dia para transformá-las em óleo.

O príncipe, sem saber do desafio que o aguardava, naquele exato momento, contava à senhora seus planos de casar com a princesa.

– Pois o melhor que você tem a fazer é ir embora daqui – ela aconselhou. – Vá depressa! Outros já tiveram essa pretensão e todos foram mortos. O pai da princesa lhes deu duras tarefas. Todos falharam e morreram. Você também acabará morto. Vá embora, eu lhe peço!

Mas o príncipe, determinado que estava a realizar seu sonho, não lhe deu ouvidos. Aguardou até que o rei mandasse buscá-lo, o que não demorou a acontecer. Na corte, ele recebeu os quarenta quilos de semente, a tarefa de transformá-las em óleo num único dia e a ameaça do rajá:

– Será marido da minha filha aquele que realizar as tarefas que eu determinar. Traga o óleo de mostarda amanhã, ao nascer do dia. Caso falhe, será morto!

O príncipe, assustado, perguntou-se como conseguir tal proeza em um só dia, mas pegou as sementes e voltou para casa. Pensando em como realizar a tarefa, lembrou-se das formigas. E, como havia prometido seu líder, bastou pensar para que todas aparecessem à sua frente.

– *Você está com problemas* – afirmou o rajá-formiga.

O jovem lhe mostrou as sementes e contou sobre o desafio do rei. Disse sentir-se incapaz de vencê-lo.

– *Não se preocupe. Deixe essa tarefa conosco. Durma e amanhã você terá o óleo* – disse o rei das formigas.

Na manhã seguinte, o príncipe muito grato aos seus novos amigos, levou o óleo para o rei que, embora surpreso, ainda determinou:

– Há muito tempo, aprisionei dois demônios. Não sei o que fazer com eles. Temo que eles fujam e aterrorizem o meu povo e o meu país. Decidi que a morte de ambos será tarefa dos pretendentes à mão de minha filha. Vença este desafio!

– Como lutar contra estes dois demônios? – o príncipe perguntou para si mesmo. E logo lembrou do casal de tigres.

Pensou e os tigres surgiram à sua frente. E, ao saber do desafio proposto pelo pai da princesa Laban, o tigre falou:

– *Nada tema! Lutaremos por você.*

O jovem, então, pediu à bolsa que lhe desse duas capas esplêndidas. Ao ser atendido, cobriu com elas os tigres e os levou até o rei.

– Esses tigres lutarão contra os demônios.

E assim aconteceu. Todos foram até a arena e viram a grande luta travada até que os tigres derrotassem os demônios, matando-os.

Embora feliz, o rei ainda determinou:

– Tenho lá no céu um tambor. Faça-o soar tão alto que eu o ouça daqui.

E o príncipe lembrou-se da cama. Sentou-se sobre ela e pediu:

– *Cama! Suba ao céu para que eu faça soar o tambor do rajá.*

Imediatamente, o rajá ouviu os sons do seu tambor. Mas era ilusão achar que as tarefas tinham terminado. Então, assim que voltou, o príncipe ouviu atento um novo desafio do rei:

– Amanhã cedo, corte este tronco em dois, usando apenas esta machadinha.

A desolação tomou conta do príncipe. Ele tinha certeza que, desta vez, seria impossível cumprir a tarefa e que, falhando, seria morto. Desanimado, pensava:

– As formigas me ajudaram com as sementes de mostarda. Os tigres mataram os demônios. A cama me levou ao céu para que soasse o tambor. A bolsa me deu tudo que precisei e pedi. Mas agora, o que posso fazer? Como cortar um tronco enorme com uma machadinha de cera?

Com estes pensamentos o perseguindo, o príncipe, à noite, foi despedir-se da princesa.

– Amanhã o seu pai vai me matar – disse ele, profundamente triste e abatido.

– Não tenha medo. Faça o que lhe digo e você cortará o tronco com facilidade – disse a jovem.

Então, arrancou um fio de seus cabelos, entregou-o ao príncipe e disse:

– Amanhã, quando não houver ninguém por perto, diga ao tronco que a princesa Labam ordena que ele se deixe cortar em dois por este fio de cabelo. Depois, prenda-o ao longo da lâmina da machadinha.

O príncipe seguiu as instruções da princesa e o tronco, a um só golpe, partiu-se em dois.

Depois disso, sem mais argumentos contra o príncipe, o rajá autorizou o casamento e organizou uma grande festa. Vieram os rajás dos países mais distantes e a festa se alongou por muitos dias. Ao final das comemorações, o príncipe disse a sua esposa:

– Agora vamos para o meu país.

A princesa concordou e o rajá presenteou o casal com camelos, cavalos e muitas moedas de ouro. Muitos servos desejaram segui-los e, assim, formou-se um grande séqüito.

A viagem foi longa e custosa, mas recompensada pela alegria dos pais do príncipe e do povo com o seu retorno. Todos estavam maravilhados com a beleza da princesa.

Festas na partida, festas na chegada. A vida agora sorria e o casal estava visivelmente feliz.

O príncipe guardou para sempre a bolsa, a cama, a tigela e o cajado. Como não participou de guerras, jamais fez uso do cajado. Seu reino foi de paz e harmonia.

A Cidade de Marfim

– Folclore –

Tempos atrás, um jovem príncipe estava praticando a arte do arco e flecha em companhia de seu grande amigo, filho do grão-vizir(13) do seu pai. Próximo do local onde estavam, havia uma casa e, num de seus aposentos, uma mulher caminhava distraída. Uma ave pousou no parapeito da janela e, tentando flechar a ave, o príncipe, acidentalmente, acertou a mulher.

Sem notar o que tinha acontecido, o príncipe foi embora, enquanto o amigo o seguia, zombando da sua má pontaria. Nenhum dos dois notou o comerciante que chegava a casa chamando pela esposa e, procurando por ela até encontrá-la, a viu caída ao chão. Próximo à sua cabeça havia uma flecha e o comerciante, acreditando que a mulher estivesse morta, foi até a janela e gritou:

– Ladrões, ladrões! Mataram a minha mulher!

Rapidamente, vizinhos e passantes se juntaram para ver o que tinha acontecido. Mas a mulher estava viva. A flecha a acertara de raspão e, com tamanho susto, ela desmaiou. Aos poucos, recuperou-se e contou que tinha visto dois rapazes passando diante da casa com seus arcos e flechas. Um deles havia apontado para a janela e atirado a flecha.

Diante disso, o comerciante, revoltado, foi até o palácio e pediu uma audiência com o rajá a quem contou o que havia acontecido. O rajá, enfurecido com a audácia dos jovens, prometeu ao homem que lhes daria uma severa punição e pediu que ele voltasse para casa e descobrisse se a sua mulher reconheceria os jovens caso os reencontrassem.

– Sim, respondeu a mulher e, segura, disse ao marido que provavelmente veria o jovem entre as pessoas da cidade.

O rajá, então, determinou que todos os homens da cidade, um a um, passassem diante da sua casa e que ela ficasse à janela até reconhecer aquele que cometera a má ação. E, uma vez decidido o que seria feito, ordenou que o seu exército percorresse a cidade e cuidasse para que a sua ordem fosse cumprida.

O príncipe e o filho do grão-vizir também

foram obrigados a cumprir as ordens reais e, assim que passaram na frente da casa, a mulher os apontou.

– O meu próprio filho e o filho do meu grão-vizir! – o rajá exclamou. – Que mau exemplo para o povo! Que ambos sejam executados!

– Por favor, majestade! Eu lhe imploro! Vamos investigar os fatos com cuidado – pediu o grão-vizir. – E, virando-se para os jovens, perguntou.

– Por que vocês cometeram essa crueldade?

Foi o príncipe quem respondeu:

– Havia um pássaro pousado na janela aberta. Não vi a mulher no aposento. Se eu soubesse, jamais teria atirado na sua direção.

Dispensada a multidão, o rajá e o grão-vizir tiveram uma longa conversa a respeito dos filhos. O monarca ainda achava que os jovens deviam ser executados, mas o grão-vizir, ponderado, o convenceu que o maior castigo para um príncipe, seria expulsá-lo do seu próprio país.

Então, na manhã seguinte, escoltando o filho do rei para fora dos limites da cidade, o pequeno batalhão de soldados passou na frente da casa do grão-vizir e o seu filho juntou-se ao grupo levando consigo quatro sacos de moedas e quatro cavalos. Abraçando o príncipe, ele disse:

– Vou com você. Somos amigos e sempre estivemos juntos. Não posso deixá-lo ir sozinho e não tente me convencer do contrário.

– Pense bem. Não será fácil.

– Vou com você – reafirmou o amigo.

Os dois, caminhando lado a lado e puxando os seus cavalos e a valiosa carga, dirigiram-se para a fronteira. Ali, o príncipe deu algumas moedas para os soldados e mandou que retornassem assim que os vissem entrando no país vizinho.

Após mais uma longa caminhada, os jovens chegaram aos arredores de uma vila. Cansados, escolheram a copa de uma grande árvore sob a qual passaram a noite. O príncipe recolheu lenha para a fogueira, fez o fogo, organizou os apetrechos para o conforto do sono e esperou pelo amigo, encarregado de ir até à vila em busca de alimentos. Porém, a demora do amigo deixou o príncipe impaciente e ele decidiu caminhar pelas imediações.

Chegando a um pequeno lago, abaixou-se e juntou as mãos em concha para recolher um pouco de água. Antes de bebê-la, viu refletido na água o rosto de uma bela fada. Foi tão grande o seu espanto que ele se virou depressa, certo de que a fada estava às suas costas. Não vendo ninguém, tornou a colher a água nas mãos e, outra vez, viu o reflexo. Virou-se e viu a fada sentada na margem oposta do lago.

No mesmo instante, o jovem apaixonou-se com tamanha intensidade que suas pernas fraquejaram e ele caiu, desmaiado.

Ao retornar com os alimentos, o amigo viu a fogueira, os cavalos tratados, os apetrechos organizados, mas não viu o príncipe. Confuso, sentou-se para esperar, porém desta vez foi ele quem se impacientou e saiu para procurá-lo, seguindo suas pegadas. Logo chegou até o príncipe e procurou reanimá-lo:

– Acorde! O que aconteceu?

– Vá embora – disse o príncipe. – Quero ficar sozinho.

– Ora, vamos! Ainda há pouco éramos os melhores amigos do mundo e agora você quer me expulsar. Vamos! Conte-me o que aconteceu.

– Eu vi uma fada. Mas no mesmo momento que vi seu rosto lindo, as suas faces cobriram-se com pétalas de lótus. Ela pegou uma caixa de marfim e a levantou na minha direção. Desmaiei. Nossa! Como ela é linda! Irei onde for preciso para reencontrá-la. Eu a quero como esposa.

– Você, meu irmão, viu a fada das fadas. Ela é Gulizar, da Cidade de Marfim. Não lhe negou os seus sinais: ao cobrir o rosto com pétalas de lótus, mostrou o seu nome e ao mostrar a caixa de marfim, mostrou onde vive. Seja paciente. Descanse e fique certo de que serei capaz de fazê-la sua esposa.

Reconfortado com as palavras do amigo, o príncipe alimentou-se e dormiu para, na manhã seguinte, continuarem a viagem. No caminho, encontraram dois homens que faziam parte de um bando de ladrões composto de dez irmãos e uma irmã. Ela cuidava da casa enquanto os irmãos, divididos em pares, seguiam em direções diferentes à procura de viajantes. Se possível, roubavam logo após o encontro. Mas, quando se viam inferiorizados, convidavam os viajantes para descansar em sua casa, uma torre com diversos andares. Lá, reunida a família, era impossível qualquer resistência. Os viajantes eram trancafiados em quartos tão seguros como celas de prisões.

Os dois jovens viajantes, desconhecendo as intenções dos ladrões, iniciaram um diálogo amistoso e aceitaram o convite para um bom descanso e uma boa alimentação.

– A nossa casa é aqui perto e não há nenhuma vila nas imediações – disseram eles.

O cansaço foi mau conselheiro e os viajantes, assim que chegaram à torre, foram dominados e aprisionados. Embora o quarto tivesse uma janela muito alta, o amigo tentou subir, buscando meios de fuga, e anunciou o que viu:

– Há um fosso rodeado por um muro alto. Vou saltá-lo. Talvez encontre uma saída.

Quando voltou, o amigo contou que tinha encontrado uma mulher muito feia que cuidava da casa e que tinha concordado em ajudá-los desde que, em troca, tivesse o príncipe como marido. Cumprindo sua parte no trato, a mulher libertou os rapazes e os levou até uma porta secreta.

– Onde estão nossos cavalos e nossos bens? – os jovens perguntaram.

– É impossível levá-los até lá – disse a mulher. E avisou que tentar uma fuga, sozinhos, seria o mesmo que cavar a própria sepultura.

Mas os jovens, mais espertos do que ela supunha, dominaram a mulher e fugiram, ignorando seus altos e insistentes gritos.

Seus irmãos, porém, não os ignoraram. Logo vieram ao encontro da irmã e ao descobrirem a fuga dos rapazes com seus bens, fizeram zunir suas flechas, matando a própria irmã.

Os dois jovens fugitivos, cientes de estarem sendo seguidos, cavalgaram de vila em vila, povoado a povoado até que, vencidos pela fome, pararam em uma cabana e pediram abrigo a uma velhinha que os acolheu em troca de uma moeda de ouro.

– Como se chama este lugar? – um deles perguntou.

– Cidade de Marfim – disse a velha, surpreendendo os dois rapazes ao descobrirem estar tão perto do destino desejado.

– Este reino tem um rei?

– É claro! Um rei, uma rainha e uma princesa.

– E como chama a princesa?

– Seu nome é Gulizar...

O príncipe, interrompendo a mulher, deu um salto e disse:

– Estamos no lugar certo!

No dia seguinte, logo cedo, os dois amigos notaram que a mulher se preparava para sair:

– Vou ver a minha filha –, disse ela. – Ela é serva da princesa Gulizar. Eu teria ido ontem, mas vocês tomaram o meu tempo.

Na esperança de que ela fizesse exatamente o contrário, o amigo do príncipe pediu:

– Lá no palácio, não fale sobre a nossa presença.

E a mulher prometeu que nada diria, mas, assim que chegou, vendo a filha zangada por sua ausência na véspera, explicou:

– Não vim porque dois rapazes, um príncipe e seu amigo, me pediram abrigo e eu os acolhi. Tive que cozinhar para eles. Mas são bons rapazes. Educados, ricos e generosos. Pagam em moedas de ouro.

A princesa ouviu a conversa, pediu que a mulher não contasse para mais ninguém e que voltasse ao palácio em companhia dos rapazes.

– Use esse carro – disse ela.

Era um carro encantado que levava o viajante para onde ele quisesse, bastando para isso um só pensamento. E a mulher pensou na sua casa e lá chegou. Convidou os dois jovens que, entusiasmados, pensaram no palácio e imediatamente se viram na frente de um enorme portão. A princesa já os esperava.

– Finalmente, encontro o meu amado, o meu marido!

– Mil graças aos céus por me trazerem até você! – disse o príncipe, emocionado.

As visitas do príncipe à princesa passaram a ser diárias. À noite, o jovem voltava para a casa da velha senhora. Até que um dia, Gulizar pediu que o príncipe ficasse com ela para sempre.

O príncipe explicou que precisava retribuir a fidelidade do amigo, que havia abandonado a casa do pai apenas para não deixá-lo sozinho. Além disso, contou que ele havia arriscado a própria vida para salvá-lo dos ladrões e que sem a sua ajuda talvez jamais a tivesse encontrado.

Gulizar calou-se, mas dentro dela algo aconteceu. Um ciúme doentio foi tomando conta de suas emoções e ela passou a desejar ver-se livre do rapaz, para ter o príncipe dedicado apenas a ela.

Dias depois, ela encontrou um modo de afastar os dois amigos sem despertar suspeitas. Pediu que uma serva preparasse um alimento para o jovem, separando ela mesma os ingredientes. Entre eles, um veneno poderoso. Assim que ficou pronto, pediu que a serva o levasse ao filho do grão-vizir, dizendo ser um presente. Ele, satisfeito, imaginou que a princesa decidira aceitá-lo também como seu amigo.

Na hora do jantar, o jovem pegou a tigela e se dirigiu para a beira de um riacho, abrindo-a colocou a tampa sobre a grama enquanto ia até o riacho para lavar as mãos. Ao voltar, notou que a grama sob a tampa estava amarela. Desconfiado, ofereceu um pouco do alimento aos corvos que estavam por ali e bastou duas bicadas para um deles cair morto.

A tristeza o abateu de tal forma que, ao retornar do palácio, o príncipe quis saber o que tinha acontecido e, percebendo sua inocência, o amigo contou tudo em detalhes.

– Mas quem poderia lhe querer tanto mal? – perguntou o príncipe.

– Você, claro, não acredita que seja a princesa. Mas vamos fazer o seguinte: amanhã, antes de entrar no palácio, ponha neve sobre os olhos. Elas provocam lágrimas. Então, entre chorando nos aposentos da princesa e lhe diga que o seu amigo morreu repentinamente. Leve também este vinho e peça a ela para beber uma taça em homenagem ao seu amigo morto. O vinho fará com que ela durma profundamente.

O príncipe apenas ouvia, atento, sem supor onde o amigo queria chegar com tudo aquilo. Mas ele prosseguiu:

– Leve também esta espátula e, assim que a princesa dormir, aqueça-a e marque as suas costas, próximo ao ombro. Pegue então o seu colar de pérolas e traga-o consigo.

– Mas por que eu faria isso? Não estou entendendo.

– Não tenha medo. Siga as minhas instruções,

sem enganos. Elas são importantes para a nossa felicidade e fortuna e farão com que o rajá aceite o seu casamento com a princesa.

O príncipe seguiu as instruções e, ao voltar, ouviu o restante do plano. Os dois teriam um disfarce: o amigo seria um faquir e o príncipe, seu servo e discípulo.

Pela manhã, ao acordar, Gulizar, sentindo um leve ardor nas costas, notou que seu colar tinha desaparecido e foi contar ao pai. O rei, zangado, ordenou aos soldados que procurassem o ladrão e, sabendo da ordem real, o amigo falou ao príncipe:

– Muito bem. Chegou a hora. Agora, meu irmão, vá ao bazar da cidade e tente vender o colar. Nada tema. Nada te acontecerá.

Vestido como um servo, o príncipe procurou um comerciante que logo demonstrou interesse.

– Quanto você quer pelo colar? – perguntou.

– Cinquenta mil rúpias – disse o príncipe.

– Certo! Espere aqui que vou buscar o dinheiro.

Mas o homem voltou com os soldados e o príncipe foi preso.

– Como o senhor conseguiu o colar? – todos perguntaram.

– Um faquir me mandou que o vendesse. Posso levá-los até ele.

E, seguindo o combinado, o príncipe levou todos até o faquir que parecia meditar, mas que tão logo viu aquela gente reunida, afirmou que só contaria a verdade a Sua Majestade, o rajá.

Assim que o rajá chegou, quis saber como o colar de sua filha tinha chegado a suas mãos. E o faquir lhe contou:

– Na noite passada, eu estava aqui meditando, quando vi um demônio vestido como uma princesa. Ele me atacou e eu me defendi com esta espátula que estava ao lado da fogueira e acertei suas costas. Na fuga, este colar caiu do seu pescoço.

Diante do olhar incrédulo do rajá, o faquir, insistiu:

– Vossa Majestade deve estar se perguntando se isto que digo é verdade. Bem, só há uma maneira de provar o que estou dizendo. Examine a sua filha e veja se há alguma marca nas suas costas. Caso ela seja culpada, eu a punirei.

O rajá voltou ao palácio e ordenou que a filha fosse examinada e assim que viu a suspeita confirmada, disse:

– Então, que ela seja morta imediatamente!

As pessoas do palácio, reunidas ao redor do rajá, gritaram:

– Não! Não! Que ela seja levada ao faquir. Ele disse que a puniria!

E a princesa foi levada até o faquir que determinou que ela ficasse presa em uma gaiola para refletir e confessar o que fizera.

Dado o castigo, todos partiram deixando o faquir, a princesa e o seu discípulo sozinhos. Os dois jovens tiraram seus disfarces, pegaram sua bagagem e seus cavalos, e libertaram a princesa que não conseguia compreender o que acontecia.

Em silêncio, cavalgaram durante toda a noite, só parando para descansar quando o dia já amanhecia. Só então a princesa entendeu, pois o jovem, mostrando a ela a comida envenenada, perguntou se ela não se arrependia. Muito envergonhada, chorando, ela pediu desculpas e reconheceu que além de melhor amigo do príncipe, ele agora era seu salvador.

Então, o rapaz escreveu ao seu pai uma carta contando tudo o que tinha vivido em companhia do príncipe. O grão-vizir levou a carta ao rajá que exigiu que a carta fosse respondida, não pedindo que eles voltassem ao reino natal, mas exigindo que eles também escrevessem ao pai de Gulizar, contando toda a verdade.

Foi o que fizeram. E o pai de Gulizar, admirado por desconhecer tantos detalhes e também por não saber da presença de ilustres jovens em seus domínios, revoltou-se contra os seus subordinados, fossem eles vizires, servos ou soldados. Depois, já mais calmo, convidou os jovens a se hospedarem no palácio, deixando claro que, se fosse o desejo do príncipe, consentiria no casamento com sua filha.

O convite foi aceito e os jovens foram regiamente recebidos. O casamento aconteceu dias depois, com muita festa e presentes. E, depois disso, o rajá os incentivou a voltarem para suas casas.

Os três partiram seguidos por uma tropa de soldados que os escoltavam. Desta vez, não por estarem sendo expulsos, mas para que nada de mal lhes acontecesse em seu regresso. Levavam consigo cavalos, elefantes e um rico tesouro. No caminho, derrubaram a torre dos ladrões e os dez irmãos fugiram deixando atrás de si toda a fortuna roubada de indefesos viajantes.

Ao final da viagem, o rajá, assim que viu a bela jovem e todo o seu séquito, reconciliou-se para sempre com o filho. O reencontro, para ambos, foi um acontecimento emocionante. No devido tempo, o filho sucedeu ao pai e governou o país por longos anos.

As idades do universo

– *Mahabharata* –

Há muito tempo atrás, Bhima(14) – dos Pandavas – filho humano do deus do vento Vâyu, pensando em presentear a sua querida rainha, saiu à procura de flores do paraíso. Procurava as flores de mil pétalas: o lótus celestial, flor de esplendor e fragrância tão incomuns que prolongavam a vida e renovavam a beleza de quem as possuía. Porém, estas flores raras cresciam num lago que havia dentro de um bosque, na região de Kuvera, deus do tesouro. O bosque era protegido pelos demônios.

Sem nada temer, Bhima, armado com arcos e flechas dourados, partiu na direção nordeste, enfrentando fortes ventos. O jovem caminhou muito e, sem sentir nenhum cansaço, tão determinado estava em sua busca, escalou uma enorme montanha e penetrou na floresta. Lá, nada viu que lembrasse os demônios. Ao contrário, Bhima encantou-se com árvores tão altas quanto belas, com trepadeiras repletas de flores, com os mais lindos pássaros já vistos e principalmente, com a brisa suave que tudo envolvia com o embriagante perfume do lótus celestial.

Aquele lugar era um recanto sagrado. Nuvens claras sobrevoavam no céu como asas gigantes e os regatos brilhavam sob a luz do sol, provocando reflexos que tudo adornavam como colares de contas. Filho do vento que era, ao caminhar, Bhima deslocava grandes massas de ar despertando a atenção dos animais. Veados interrompiam suas refeições e assistiam, alertas, a sua passagem. Leões tigres, elefantes e ursos, acuavam e fugiam assustados.

Num dado momento, bem no centro da floresta, a passagem de Bhima fez o chão tremer como um verdadeiro furacão. Bhima quebrava os galhos, arrancava plantas, lançava ao longe pedaços de troncos e pedras, espantando qualquer coisa ou animal que cruzasse o seu caminho. Os pássaros, apavorados, levantaram voo. Gansos, patos e garças, confusos, correram em todas as direções.

Com a movimentação causada, o deus-macaco Hanumam(15) acordou e, embora sonolento, bateu sua longa cauda com fúria e a fez esticar como uma poderosa estaca, obstruindo o caminho de Bhima. Também ele filho de Vâyu, o vento, o deus-macaco protestou:

– *Estou doente e cochilava em paz. Por que me despertou assim, de forma tão grosseira? Onde pensa que vai? Saiba que este é o caminho dos deuses. As montanhas distantes estão fechadas para você. Pare e repouse aqui. Não cause mais destruições.*

Bhima não se intimidou com a ordem dada:

– Quem é você, afinal? Eu sou Kshatriya(16), filho de Vâyu. Deixe-me passar ou morrerá!

– *Já disse: estou doente. Não posso me mover. Passe por cima de mim* – desafiou Hanumam.

– Como somos irmãos, a alma Suprema me proíbe de passar sobre você!

– *Então mova a minha cauda para o lado e passe.*

Apesar do esforço feito, Bhima não conseguiu mover a cauda do deus-macaco. Então, desistindo, perguntou:

– Por que assume a forma de macaco? É um deus, um espírito ou um demônio?

– *Sou filho de Vâyu. O meu nome é Hanuman e você é o meu irmão mais velho.*

– Ah! Você tem uma forma incomparável! Seria feliz se eu pudesse assumi-la para saltar sobre o oceano!

– *Você não pode assumir a minha forma. Tudo mudou depois do Dwâpara Yuga. Houve em tudo* uma enorme depreciação. Os deuses, os santos e todas as coisas mudaram. Então, transformado na forma que tenho agora, me conformo com ela.

Bhima refletiu e, então pediu:

– Eu ficaria muito feliz caso você me ensinasse os vários Yugas(17). Conte-me o que sabe, Hanumam.

O deus-macaco contou:

– A Era Perfeita chamava-se Krita Yuga. Nela, havia apenas uma religião e todos os homens eram santos. A santidade das pessoas era constante. Não havia deuses, mas também não havia demônios ou Yakshas(18), Rakshasas(19) ou Nagas(20). Os homens nada compravam e nada vendiam. Não havia pobres, nem ricos e não era necessário trabalhar. Tudo era obtido pelo poder da vontade. O abandono dos desejos mundanos era, então, a principal virtude. No Krita Yuga não havia doenças, decadência ou velhice. Não havia ódio, vaidade, maus pensamentos, dor ou medo. A benção suprema alcançava toda a humanidade e a alma universal era Narayana(21), alma Branca, refúgio de tudo e buscada por todos. A identificação do eu com a alma universal era toda a religião da Era Perfeita.

Hanuman contou mais:

– No Tetra Yuga, os sacrifícios começaram e a Alma do Mundo tornou-se Vermelha. A virtude decresceu um quarto e os homens, buscando a verdade, realizaram cerimônias religiosas. Os homens *obtinham o que desejavam doando e fazendo. A religião decresceu e o Veda que era apenas um, foi dividido em quatro partes. A Mente, então, diminuiu, a Verdade declinou e chegaram as doenças, os desejos e as calamidades. Prevaleceram os pecados e os homens conheceram os castigos.*

– Continue – pediu Bhima.

– *No Kali Yuga[2], a Alma do Mundo é Negra. É a Idade do Ferro. Apenas um quarto da virtude permaneceu. O mundo mergulhou na aflição. Os homens se voltaram para a maldade, as doenças proliferaram e todas as criaturas degeneraram. Os efeitos, então, passaram a ser dependentes dos ritos sagrados. Todas as coisas mudaram!* – concluiu Hanuman.

Em seguida, ele ordenou que Bhima fosse embora, mas este ainda tinha um pedido a fazer:

– Gostaria de ver a sua forma anterior, irmão.

Hanuman, realizando o desejo de Bhima, assumiu o vasto corpo que um dia tivera. Ficou tão alto quanto a montanha Vindhya e com um esplendor indescritível.

– *Posso, através do meu poder, assumir um tamanho ainda maior* – falou.

Bhirma mostrou-se satisfeito e Hanuman, in-

---

[2] Época que vivemos hoje.

vocando a proteção de Vâyu, permitiu que ele prosseguisse em sua busca.

Bhirma seguiu caminhando até alcançar as encostas floridas da montanha sagrada. Na superfície do lago de Kuvera, sombreado por árvores magníficas e cercado por lírios, encontrou os lótus dourados.

Os Yakshas, com seus grandes olhos, viram Bhima e o atacaram. Mas o jovem, sem desistir da sua meta, lutou e venceu. Depois, ele bebeu da água do lago até sentir suas forças renovadas, colheu os lótus celestiais e os levou para a sua rainha.

O brâmane e sua noiva

– *Mahabharata* –

Tempos atrás, Menaka, a bela Apsara, sem nenhuma piedade ou culpa, abandonou o seu bebê recém-nascido ao lado de uma ermida. Era uma linda menina, filha do rei dos Gandhavas, agora criada e educada por um rishi piedoso e sábio.

E a menina, a mais bela entre todas as recém-nascidas, recebeu o nome de Pramadarva. Tornou-se a mais bela de todas as crianças e depois, a mais bela entre todas as jovens mulheres.

Nesta época, o jovem brâmane Ruru a conheceu e por ela se apaixonou. E apaixonou-se tão intensamente que a pediu em casamento. A data foi marcada e a alegria tomou conta dos corações de todos, jovens e familiares. Porém, um dia, a noiva brincava com seus amigos e não percebeu a presença de uma serpente venenosa. Atacada pela serpente, a jovem foi picada e morreu tornando-se, então, a mais bela entre todas as noivas tragicamente mortas antes do casamento.

Não houve quem se conformasse com o acontecido. Os brâmanes choraram as lágrimas dos desconsolos por dias seguidos. Ruru chorou suas tristezas e, querendo ficar sozinho, refugiou-se no coração da floresta.

– Ai de mim! – lamentou-se. – Ai de mim, sem a minha fada única, sem a minha Pramadarva, noiva que amei como jamais amei alguém no mundo. Ai de mim! Oh! Deus, permita que eu faça sacrifícios e alcance um grande mérito. Oh! Deus, permita que o poder a mim concedido através dos sacrifícios restabeleça a vida da minha noiva amada!

Os seus lamentos alcançaram os deuses. E eles fizeram surgir diante de Ruru um dos seus emissários.

– *Não retornam à vida aqueles que tiveram os seus dias numerados* – disse ele. – *Mas, Ruru, não se abandone ao desespero. Graças aos seus méritos e ao seu amor, os deuses decretaram um meio, e apenas através dele, você poderá receber de volta a sua bela noiva.*

Os olhos do rapaz se iluminaram.

– Diga-me, mensageiro, diga-me como posso realizar a vontade dos deuses. É imensa a minha tristeza!

– *Desista de metade da sua vida e o sorriso voltará aos seus lábios.*

– Quero ver o sorriso nos lábios de minha noiva. Concedo a ela a metade da minha vida – jurou Ruru.

Os deuses sorriram e, então, o rei dos Ghandharvas, tendo ao lado o mensageiro celestial, postou-se diante de Yama, o juiz dos mortos. Juntos, olhos baixos e humildes, pediram:

– *Se for da vossa vontade, oh! Poderoso, permita que Pramadarva viva a metade da vida que lhe foi concedida.*

– *Que assim seja!* – decretou Yama.

A vontade do Poderoso foi feita e Pramadarva se tornou a mais sorridente e bela esposa dentre todas as esposas.

E o casal viveu feliz sem se preocupar com o chamado final de Yama: iriam juntos. A vida de ambos teria exatamente a mesma duração.

Garuda e a ambrosia

— *Mahabharata* —

Certa vez, há muito, muito tempo, a ambrosia foi roubada dos deuses por Garuda(22), rei das aves e terror das serpentes. Conhecido por "Senhor dos Pássaros", Garuda tinha nascido quinhentos anos antes, de um ovo posto por Diti, mãe dos gigantes. Seu pai era o conhecido brâmane Kasyapa.

Garuda tinha um forte motivo para roubar a ambrosia[3], poderoso néctar dos deuses que confere imortalidade. E é aqui que começa esta história.

---

[3] Ambrosia – Manjar, o néctar dos deuses do Olimpo, segundo a mitologia grega. Tão poderoso que se um mortal o comesse, ganharia a imortalidade.

Dizem que Diti, mãe de Garuda, ao perder uma aposta, foi presa pelos demônios. Estes, ansiando obter o néctar, decidiram que a mãe seria libertada apenas se o filho o buscasse na montanha celestial.

Tarefa difícil: o néctar estava guardado dentro de uma taça. A taça, cercada e protegida por chamas terríveis. E os ventos, também terríveis, faziam com que as chamas subissem aos céus.

Mas Garuda não teve medo. Tudo o que queria era salvar a própria mãe. Então, bebeu toda a água de vários rios. Depois, com o corpo refletindo o brilho das chamas, expeliu sobre elas toda a água que havia tomado.

Garuda atingiu seu intento e apagou o fogo. Porém, outro obstáculo se impunha. Uma roda imensa, brilhante e de bordas extremamente afiadas, girava ao redor da taça, protegendo-a. Garuda se fez muito pequeno e conseguiu passar por entre os raios da roda. Em seguida, sem descanso e sem receio, viu-se diante de duas víboras, também elas lançadoras de fogo. Confrontou-se com elas. Lutou, cegou-as e reduziu-as a pedaços.

Livre de tamanha ameaça aos seus propósitos, Garuda destruiu a roda alcançando finalmente a peça que guardava o néctar. Depois, brilhante, exultante de seu feito, voou pelos céus carregando a peça preciosa como se fosse um troféu.

Ainda assim, tinha os deuses em sua perseguição. Indra, deus do tempo e da chuva, lançou seus raios sobre ele, mas em sua forma de ave, veloz e imponente, ele não foi atingido. Ao contrário, voou mais e, sem perder uma única pena, sem um só ferimento, libertou a mãe e entregou a taça com o néctar aos demônios que, como serpentes, rastejaram para beber o elixir da imortalidade. Mas, finalmente, um dos raios de Indra atingiu e destruiu a taça. O néctar escorreu pelo chão.

Os demônios-serpentes correram a lamber a grama onde jazia destruída a taça. E, dizem, foi este o motivo, foi este o instante e foi para sempre: todas as serpentes passaram a ter a língua bífida.

Rama e Sita

– Ramayana –

Há muito tempo, no ensolarado Hindustão, havia dois grandes e poderosos reis. Dasaratha era o regente de Kosala e Janaka era o rei de Mithila. Dasaratha, por concessão dos deuses, teve três esposas e quatro filhos. Entre eles, Rama era o filho mais bonito, em quem os sábios viam todas as marcas de Vishnu. Em tudo, era Rama que sempre se destacava.

Apesar disso, os quatro filhos foram igualmente amados e criados. Aprenderam literatura, música, dança e pintura. Aprenderam o manejo das armas e tornaram-se arqueiros, cavaleiros e habilidosos condutores de carros.

Quando Rama tinha dezesseis anos, foi com o seu irmão Lakshmana, auxiliar o sábio brâmane Vishwamitra que estava tendo um sério problema com uma mulher. Em seis dias, Rama resolveu a questão, afastando a mulher definitivamente da ermida e, por isso, os sábios lhe renderam homenagens. Por isso, também, Vishwamitra o convidou a acompanhá-lo numa viagem que faria com outros sábios. Todos iriam assistir a um grande sacrifício realizado em Mithila, pelo rajá Janaka.

– Vocês dois nos acompanharão e o rajá lhes mostrará o grande arco de Shiva. Nenhum deus ou homem consegue dobrá-lo.

Durante o caminho para Mithila, os príncipes ouviram as lendas sagradas sobre as diversas encarnações de Vishnu e, lá chegando, ouviram o rei Janaka perguntar a Vishwamitra:

– Quem são esses jovens com a majestade dos elefantes e o destemor dos tigres?

– São filhos de Dasaraha. Resolveram um problema na ermida e desejam muito segurar o poderoso arco de Shiva – respondeu o sábio brâmane.

Janaka voltou-se para os seus guerreiros e ordenou:

– Tragam o arco!

Os guerreiros saíram e pouco depois voltaram empurrando um carro de ferro, munido com oito rodas. Sobre ele estava o arco estupendo. Diante de Janaka, pararam o carro e este explicou:

— Este arco tem sido guardado por inúmeras gerações de reis. Muitos rajás, guerreiros e deuses tentaram curvá-lo. Todos falharam. Darei a minha filha, a linda Sita, em casamento àquele que conseguir dobrá-lo.

Rama, que vira a filha do rajá entre o séquito real, sentiu-se encorajado e disse:

— Permita-me, rajá, levantar e curvar o arco.

Os guerreiros rodearam o príncipe. Rama, pondo à prova toda a sua força, curvou o arco que se partiu ao meio com o estrondo dos trovões. A terra tremeu, as montanhas ecoaram os estrondos e, exceto Janaka, Vishwamitra e os dois príncipes, os demais, aterrorizados, postaram-se ao chão.

Janaka exclamou:

— Os meus olhos foram testemunhas. Rama é inigualável. Ele deverá se casar com minha filha Sita, tão valiosa quanto a minha própria vida. Vamos enviar mensageiros ao seu pai, o rei Dasaratha, e trazê-lo para os festejos.

Então, após a chegada do pai e da grande alegria dos festejos, o casal voltou ao reino de Dasaratha, alegrando todos os súditos.

Passou o tempo, o rajá envelheceu. Era chegada a hora de os conselheiros decidirem qual dos filhos deveria assumir as responsabilidades do pai, permitindo, assim, que ele vivesse seus últimos dias preparando-se para alcançar o céu. Rama, o primogênito, foi o escolhido.

Na noite que antecedia a coroação, Rama e Sita foram passar a noite no templo de Vishnu. A cidade já estava toda iluminada e os súditos enfeitaram as ruas com guirlandas de flores. Mas havia alguém que não estava feliz. Era uma antiga babá que odiava Rama. Seu nome era Manthara. Era uma mulher feia e muito amarga que, certa vez, ofendeu Rama e foi por ele punida. Desde então, viu o príncipe como inimigo. E, assim que soube da escolha, planejou a sua vingança.

Manthara foi aos aposentos da rainha Kaikeyi e, ao encontrá-la à janela encantada com a cidade iluminada, lhe disse:

– Como pode, minha rainha tola, estar assim feliz esta noite? O seu filho Bharata foi enviado ao reino no avô, seu pai, só para que Rama seja instalado no trono de Dasaratha. Você será inferior à mãe do novo rei e terá de obedecer aos caprichos da orgulhosa Sita. Nada fará para impedir?

– Por que você odeia Rama? – perguntou Kaikeyi. – Ele é o mais velho e filho da rainha principal. Bharata não poderia se tornar rajá sem o consentimento de Rama e este me respeita como respeita a própria mãe.

– Como você pode ser tão cega, Kaikeyi? Como pode ficar assim, calmamente, à espera do que vai acontecer a você e a seu filho? Sou mais velha, vivi muitos anos e conheço a maldade. Será que Bharata não vai se tornar escravo de Rama? Talvez o novo rajá, invejoso como é, mande o seu filho para o exílio. Talvez o mate. Levante-se Rainha! Salve Bharata. Vá falar com o marajá. Ele sempre se curvou diante da sua beleza.

Kaikeyi, então, temerosa pela sorte do filho, perguntou:

– Como posso fazer Dasaratha escolher o meu filho e mandar Rama para o exílio?

– Quando o marajá foi ferido na batalha, você o curou e, como prêmio, ele lhe prometeu conceder dois desejos. Vá aos aposentos do rei e fale da sua dor. Faça-o lembrar da promessa que fez.

Assim aconteceu, e o marajá, ao ser lembrado, disse:

– Você sabe que jamais serei abençoado caso não cumpra o que prometi. Diga quais são os dois pedidos e eu os atenderei.

– Que as suas ações sigam as suas palavras – disse Kaikeyi. – O meu primeiro pedido é que meu filho Bharata seja o novo rajá. O segundo, é que Rama seja banido da cidade por catorze anos e que vá morar na floresta como um devoto, usando apenas as vestes rústicas dos eremitas.

Dasaratha ouviu a rainha e, em seguida, como uma árvore atingida por um raio, desmaiou. Ao voltar a si, chegou a duvidar se tudo não tinha passado de um pesadelo. Então, tremendo como uma corça que olha para uma tigresa, encantado como uma cobra que se submete ao mantra do encantador de serpentes, Dasaratha olhou para Kaikeyi e, dominado pela raiva, reprovou a rainha:

– Traidora! Você arruinará a minha família. Rama jamais lhe fez algum mal. Por que então lhe deseja esse destino? Por que arruinar a nossa família? Você sabe que morrerei caso faça mal a Rama. Tenha piedade, faça-me novos pedidos.

Kaikeyi, friamente, respondeu:

– Se você quebrar a promessa que fez a quem lhe salvou a vida será desprezado por todos.

Dasaratha já não escondia as lágrimas.

– Você é bela, Kaikeyi e cativou meu coração. Como pode ter no seu, um desejo tão ruim? Você me enganou com sua beleza. Será que um pai pode desonrar seu filho? Prefiro ir para o inferno a mandar Rama para o exílio. Como poderei olhá-lo novamente? Como poderei vê-lo partir com a sua adorável Sita? Tenha piedade de mim! Eu lhe imploro! Gostaria que Yama me levasse agora! Que as sombras da noite não deixem as horas passarem. Que a escuridão cubra a minha dor, a minha vergonha e esconda da humanidade este ato criminoso! Que eu morra na próxima aurora!

E ele lamentou-se ainda durante um longo tempo, até que, por fim, exclamou:

– Eu lhe concedo os pedidos, mas a rejeito para sempre! Também, para sempre, rejeito o seu filho Bharata!

As sombras não impediram a passagem das horas e, ao amanhecer, o povo foi às ruas, os súditos, se reuniram ao redor do trono e esperaram o marajá e Rama. Tudo estava pronto para a coroação.

Enquanto isso, Sumantra, o conselheiro chefe, ouvia a ordem da rainha:

– Vá buscar Rama. O marajá deseja falar com ele.

O conselheiro obedeceu e, ao retornar ao palácio lado a lado com o príncipe, ouviu os aplausos e viu as flores que eram jogadas em Rama. Nos aposentos do pai, o príncipe humildemente o reverenciou, percebendo o quanto ele estava curvado e triste. Após beijar os seus pés, reverente, indagou:

– Eu o ofendi, meu pai? Por que você está chorando?

Foi Kaikeyi quem respondeu:

– Ele não está zangado ou triste. Apenas teme que você não cumpra a sua vontade.

– Farei tudo o que meu pai pedir, mesmo que seja tomar veneno e morrer. Prometo, e dos meus lábios jamais saiu uma mentira – disse Rama.

– Certa vez, o marajá foi ferido em batalha e foi salvo. Fez então uma promessa que lhe foi cobrada hoje e por isso eu lhe fiz dois pedidos: que Bharata seja o novo rajá e que você seja banido do reino por catorze anos. Preserve a honra do seu pai. Saia ainda hoje da cidade e deixe que Bharata governe.

O marajá sentiu o coração despedaçado, mas Rama, calmo, apenas disse:

– Que assim seja! Cumprindo a vontade de meu pai, partirei ainda hoje. Eu obedeço a sua ordem com alegria. Que Bharata retorne o mais rápido possível. Irei para a floresta de Dandaka.

– Que assim seja! O seu pai nada comerá ou beberá até que você parta.

Rama curvou-se diante do marajá e da rainha e, enquanto todos os servos do palácio choravam, foi aos aposentos de sua mãe, Kausalya. Ela, desconhecendo as ordens recebidas pelo filho, fazia oferendas a Vishnu. Informada pelo príncipe, começou a chorar.

– Ah, meu filho, caso você não houvesse nascido eu não estaria sofrendo agora. Sou a rainha chefe, mas Kaikeyi me suplantou. Estou velha e incapaz de suportar a sua perda. Quero que Yama venha me buscar. Não há razão para viver! O povo irá se revoltar e o seu pai não merece viver. Tornou-se escravo de uma mulher.

Lakshmana disse ao irmão:

– As palavras de sua mãe são justas. Quem ousará se opôr a Rama enquanto eu o servir?

– Rama, ouça as palavras do seu irmão – disse sua mãe. – Minha ordem, a exemplo das ordens do seu pai, também deve ser obedecida. Eu ordeno que você não vá para a floresta. Caso não me obedeça, deixarei de comer e você será o culpado por minha morte.

– Perdoe-me, minha mãe, mas preciso obedecer a ordem do meu pai. Permita que eu parta. E você, meu irmão, não me peça para quebrar a minha palavra.

Triste, Rama foi ao encontro de Sita e contou para a princesa o que havia acontecido.

– Minha mãe está com o coração partido. Tenho de ir e vou deixar você aqui. Ela precisa de você. Seja obediente a Bharata e jamais fale a meu respeito em sua presença. Um rajá não necessita que lhe falem de outro.

– Uma mulher acompanha o seu marido e compartilha o seu sofrimento. Você vai para a floresta e eu vou segui-lo. Apenas ao seu lado sou e serei feliz. Não me deixe aqui, Rama – pediu a jovem, – certamente morrerei.

O príncipe enumerou para a esposa as dificuldades que enfrentaria. Falou sobre as feras, sobre a falta de alimentos, não teriam um abrigo para viver e mesmo dizendo a ela que não permitiria que ela sofresse por sua causa, não conseguiu dissuadi-la.

– Conheço os perigos da floresta, mas prefiro dormir no chão, sem qualquer conforto, a dormir numa cama sem você. Leve-me!

Nada a fez mudar de ideia, assim como nada

mudou a intenção de Lakshmana de acompanhar o príncipe, e os três foram ao palácio para se despedirem do rajá que, ao vê-los, lamentou:

– Fui enganado por uma mulher e agora o vejo partir. Mas, meu filho, a noite está chegando. Fique comigo e com a sua mãe até que o dia nasça.

– Não posso, pai. Kaikeyi exigiu e eu prometi que partiria ainda hoje. Após a passagem desses catorze anos, retornarei e, então, meu pai, eu o honrarei.

O marajá e seus conselheiros pretendiam enviar para a floresta o exército real e muita comida, mas Rama recusou a oferta. Pediu que lhe trouxessem as roupas rústicas dos eremitas, uma pá que seria usada para desenterrar raízes e uma cesta para colhê-las. Kaikeyi trouxe as roupas, os irmãos as vestiram, mas Sita se recusou:

– Sempre usei sedas e não terei sobre a minha pele esses tecidos rústicos.

E como as exigências de Kaikeyi referiam-se apenas a Rama, tanto o irmão como Sita foram por ela liberados a usar o que quisessem. Assim, entre choros e lamentações, os três se despediram e seguiram para a floresta. Muitos os seguiram, decididos a compartilhar o exílio com o príncipe. À noite, cansados, todos pararam para descansar. Rama não conseguiu dormir, e ainda antes do amanhecer, chamou o irmão e a mulher para partirem antes que a multidão despertasse e continuasse a segui-los.

Os três caminharam por horas, até pararem à margem do sagrado Ganges, rio onde os deuses se banhavam e em cujas margens muitos sábios construíam suas ermidas. Quando os súditos acordaram e viram que os três haviam partido, tristes, voltaram para a cidade. Lá, tanto quanto eles, outros não se conformavam.

Kausalya, mãe de Rama, ainda reprovava Dasaratha:

– Você não podia quebrar a promessa feita a Kaikeyi, mas também não podia quebrar a promessa que fez aos conselheiros, quando disse que Rama seria o seu sucessor.

– Perdoe-me, Kausalya. O meu coração está chorando. Eu imploro: não me fira ainda mais.

Kausalya, avaliando o estado do monarca, desculpou-se:

– A minha dor me tornou tão cruel quanto você.

Dasaratha, não suportou as fortes emoções e, no meio daquela mesma noite, morreu.

Kausalya, mãe de Rama, e Sumitra, mãe de Lakshmana, ajoelharam-se e choraram muito. Mensageiros foram enviados ao reino do pai de Kaikeyi com a missão de trazerem de volta Bharata. Demoraram sete dias e o príncipe voltou sem saber que o pai havia morrido. Quando soube, Bharata também chorou.

— Não vejo motivo para tantas lágrimas, meu filho — disse-lhe Kaikeyi. — Fiz muito por você. Você será o novo regente.

— Onde está Rama, agora, o novo rajá? — Bharata estranhou a atitude da mãe que, indiferente, lhe contou o ocorrido.

— Perdi o meu pai. Perdi o meu irmão mais velho. Qual a importância que posso ver num reino, agora? Você não tem coração. Entristeceu a nossa casa matando o meu pai e banindo o meu irmão. Mas eu o trarei de volta e ele sentará no trono — revoltou-se Bharata.

Satrughna, o quarto irmão, chorou tanto quanto Bharata e compreendeu a sua dor e desespero. Então, ao encontrar a babá Manthara, não se controlou e, agarrando-a, gritou:

— Você, criatura, é a causa de nossas tristezas. Vou matá-la!

— Não faça isso, irmão — Bharata o conteve. — Rama não nos perdoará.

Neste momento, foi lembrado por Kausalya que, graças à sua mãe, o trono agora lhe pertencia. Mas o jovem, inconformado, caiu aos seus pés e prometeu que jamais se sentaria no trono de seu filho, Rama. Prometeu buscá-lo, demonstrando a todos sua lealdade ao irmão.

Logo após as cerimônias fúnebres do marajá, Bharata reuniu um forte exército e saiu à procura de Rama. Na floresta de Chitra-kuta, os irmãos se encontraram e, juntos, choraram a morte do pai.

– Este reino me foi dado contra a minha vontade – Bharata disse. – Eu agora o devolvo a você, meu irmão. Aceite-o e limpe a mancha causada pelo pecado de minha mãe.

– Bharata, nosso pai, cumprindo uma promessa, baniu-me para a floresta e o indicou como rajá. Um filho fiel não pode revogar uma ordem de seu pai...

Mas Javali, o conselheiro de Dasaratha, o interrompeu.

– Por que você se deixa confundir com ditados vazios? Você já obedeceu a ordem de seu pai. Não seja tolo, não acredite que deva continuar cumprindo a ordem de quem está morto. Se recusar este reino, destruirá a sua vida. Aproveite enquanto pode e aceite o reino que lhe foi oferecido.

– O homem bom distingue-se do mau por seus atos – Rama discordou. – Como posso, eu que sigo o caminho da virtude, voltar-me para o caminho do mal? A verdade é o nosso caminho. Só ela persiste, quando tudo acaba. O veneno da falsidade é mais mortal do que o da serpente. Saiba que eu serei fiel à ordem do meu pai. Manterei a promessa que fiz a ele. Deixe Bharata governar, pois eu continuarei na floresta.

– Se a ordem de meu pai deve ser cumprida, que eu permaneça por catorze anos na floresta, enquanto você retorna ao palácio – sugeriu Bharata.

– Nenhum de nós dois pode mudar as ordens do nosso pai – falou Rama.

Então, Bharata ofereceu a Rama um par de sandálias ornamentadas de ouro e pediu que ele as colocasse. Rama obedeceu, calçou as sandálias e as devolveu ao irmão, que anunciou:

– Viverei como um devoto por catorze anos. Deixarei crescer os cabelos e usarei roupas rústicas. Estas sandálias ficarão sobre o trono aguardando-o. E, caso você não retorne após catorze anos, morrerei na pira[4].

Bharata retornou ao palácio e informou aos conselheiros que viveria fora da cidade, em Nandigrama, até Rama voltar. Trocou suas vestes pelas roupas rústicas dos devotos e foi para a floresta, de onde conduziria os assuntos de governo enquanto mantinha sobre o trono as sandálias de Rama, simbolizando a autoridade real.

Enquanto isso, Rama, Sita e Lakshmana, penetravam cada vez mais na floresta em direção ao sul. Visitaram sábios e lugares sagrados. Passados catorze anos, retornaram à capital do rei-

---

[4] Fogueira onde se queimam cadáveres.

no, onde foram recebidos por Bharata que já os aguardava.

Bharata colocou as sandálias nos pés de Rama e anunciou solene:

– Elas são o símbolo de seu reinado, Rama. Eu guardei o trono para você. Agora aceite a coroa e governe o seu reino.

No dia seguinte, em meio a festas e diante de um povo feliz, Rama foi coroado, dando início a uma nova era. Mas, muita coisa aconteceu nesses catorze anos de ausência. Rama, Sita e Lakshmana viveram muitas aventuras, passaram por momentos difíceis e dolorosos que acabariam se refletindo nas suas vidas. Vidas que recomeçavam agora.

Mas essas são outras histórias...

Glossário

(1) Mahabharata

Do sânscrito. Literalmente, "a Grande Guerra", famoso poema épico da Índia, que inclui uma síntese do Ramayana e do Bhagavad-Gita (por sua vez, também famosos poemas épicos hindus);

(2) Brâmane

Do sânscrito. Brahmam ou Brâhmana – sacerdote, indivíduo pertencente à casta sacerdotal.

(3) Indra

Deus do firmamento, rei dos deuses siderais. Sob sua lei estão o firmamento e a atmosfera.

(4) Apsara

Do sânscrito. Ondinas ou ninfas aquáticas do paraíso ou céu de Indra.

(5) Gandharvas

Do sânscrito. Cantores ou músicos celestes da

Índia. Divindades que sabem e revelam aos mortais os segredos dos céus e as verdades divinas em geral.

(6) Agni
Do sânscrito. O mais antigo e venerado dos deuses na Índia.

(7) Varuna
Do sânscrito. Deus da água ou deus marinho, sustenta o céu e a terra e mora em todos os mundos.

(8) Rishi
Do sânscrito. Sábio santo ou iluminado, vidente.

(9) Rajá
Do sânscrito. Príncipe ou rei da Índia.

(10) Surya
Do sânscrito. O sol adorado nos Vedas (as mais antigas e sagradas obras sânscritas), a quem foram cortados a oitava parte dos raios, tirando da sua cabeça o esplendor e deixando nela uma auréola escura.

(11) Pandavas
Do sânscrito. Descendentes de Pandu, repre-

sentativos da natureza superior do homem, com suas tendências e aspirações mais elevadas.

(12) Kauravas
Do sânscrito. Descendentes de Kuru, representativos da natureza inferior do homem, com seus vícios, paixões e más tendências.

(13) Grão-vizir
Primeiro ministro, no antigo império turco.

(14) Bhima
Do sânscrito. Literalmente: "terrível", era filho do deus do vento. Foi líder do exército Pândava, e renomado por sua força e frieza.

(15) Hanumam
Do sânscrito. Também filho do deus do vento, era engenhoso e audacioso. Foi um importante general do exército de Rama.

(16) Kshatryia
Do sânscrito. Guerreiro, pertencente à casta militar ou real.

(17) Yuga
Do sânscrito. Uma das quatro idades do Mundo (de ouro, prata, bronze e ferro – a atual), cujo total perfaz 4.320.000 anos e que fazem parte de

um Kalpa, (que, por sua vez, representa um ciclo de tempo ou revolução do mundo).

(18) Yakshas
Do sânscrito. Um tipo de demônio que, segundo a crença popular da Índia, devora homens.

19) Rakshasas
Do sânscrito. Gigantes, titãs, espíritos malignos inimigos dos deuses.

(20) Nagas
Do sânscrito. Deuses-serpentes ou demônios-dragões.

(21) Narayana
Do sânscrito. Primeira manifestação do princípio vital, em seu aspecto de Espírito Santo, que se move sobre as Águas da Criação.

(22) Garuda
Do sânscrito. Ave gigantesca, com forma de águia, símbolo do grande céu.

Fonte: *Glossário Teosófico*, Helena Blavatsky, Editora Ground, 1988, São Paulo.